JN039161

戴冠
ルチルクォーツの
CROWNED
RUTILEQUARTZ
—若き王の歩み—
2
エノキスルメ
イラストttl

CONTENTS

CROWNED RUTILEQUARTZ

「陛下！」
モニカの叫ぶ声と剣を抜く音が聞こえ、
スレインは傍らを振り返る。
抜剣したモニカがスレインを庇うように前に出てきて、
同じく抜剣したヴィクトルが公爵家の遣いに迫る。
一方で、公爵家の遣いは壺の中に片手を突っ込んでいた。
中から何かを取り出し、壺の方は床へ投げ捨てる。
そのときには、既にヴィクトルが肉薄していた。
「くそっ！」
公爵家の遣いはそう毒づきながら、
壺から取り出した何かをスレイン目がけて
投げつけようと振りかぶるが、ヴィクトルの方が速い。

ユルギス・ヴァインライヒ
傭兵団「ウルヴヘズナル」団長
少数民族であるグルキア人。
かつて存在したグルキア人自治領の領主一族の末裔。

セルゲイ・ノルデンフェルト
王国の宰相
ヴィクトル・ベーレンドルフ
王国の近衛兵団長

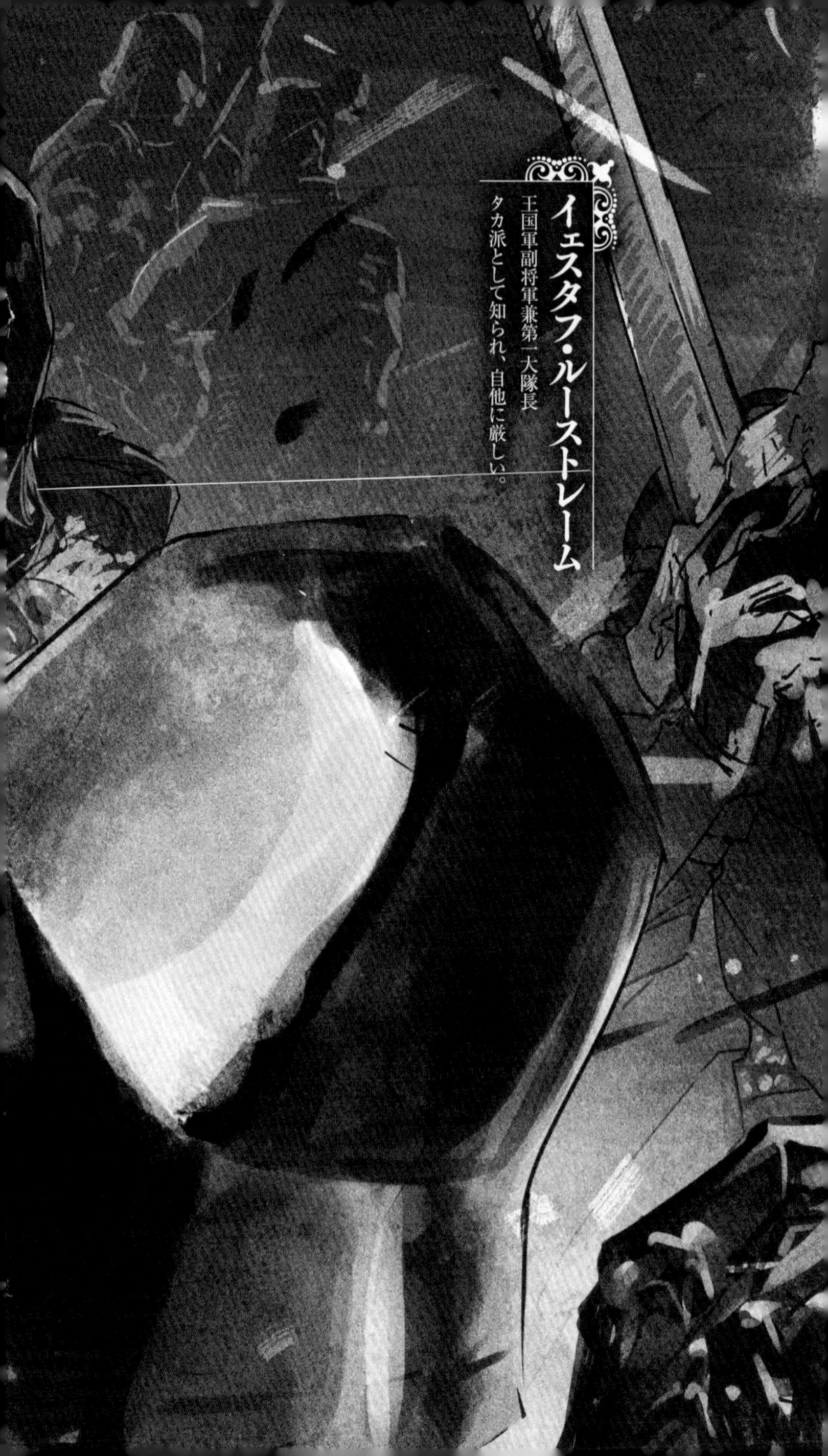
イェスタフ・ルーストレーム
王国軍副将軍兼第一大隊長
タカ派として知られ、自他に厳しい。

モニカ・アドラスヘルム
スレインの副官
「陛下！　お怪我は⁉」
「……僕は大丈夫だよ」
モニカに顔や首、身体を確認されながら、
スレインは呆然として答えた。
スレイン・ハーゼンヴェリア
ハーゼンヴェリア王国国王
前王の庶子で平民育ち。
ガレド大帝国の侵攻を退け、
無事王となったはずが……？

イェスタフは無言で自身の剣を構える。
その隣で、ユルギスは片手で剣を握り、
独特の構えを見せる。
ハーゼンヴェリア王国貴族である将と、
根無し草のグルキア人傭兵団長。
何もかもが違う二人が互いの隣を守るように並び、
最後の抵抗を試みようと迫りくる敵兵に斬りかかる。

2

エノキスルメ
イラスト ttl

Story by surume enoki Art by ttl

ガレド大帝国

アーベルハウゼン

ハーゼンヴェリア王国

エルデシオ山脈

ウォレンハイト
公爵領

王都ユーゼルハイム

領都トーリエ

ザウアーラント
要塞

ロイシュナー
街道

王領

クロンヘイム
伯爵領

イグナトフ王国

一章　冬の安息

CROWNED RUTILEQUARTZ

冬。それは休息の季節であり、耐え忍ぶ季節である。

サレスタキア大陸西部は真冬でも大雪が降るようなことは少ないが、それでも厳寒の中で屋外に居続ければ体力を大きく消耗し、もし長旅でもしようものなら命の危険に晒されることもある。

よって、ほとんどの者は冬の間、活動を縮小させる。晴れた日中以外は屋内で多くの時間を過ごし、内職に勤しんだり、余裕のある者は娯楽に耽ったりする。結果的に、他の季節と比べればのんびり過ごすことになる。


王国暦七十七年の十二月。ハーゼンヴェリア王国はそんな季節を迎えていた。

王都ユーゼルハイムを出入りする者も激減し、周辺地域の巡回に出る兵士や、農地の見回りと手入れに向かう農民くらいしか門を潜る者はいない。後は、何か急用があって王都と近隣の村や都市を行き来する者が、稀にいる程度。

王都内の商店も休業や短縮営業をするところが多くなり、普段通り稼働しているのは、火を扱うので寒さとは無縁の工房くらいだった。

そうして社会の動きが緩やかになると、当然ながらこの社会を維持管理する層も、普段より仕事が少なくなる。法衣貴族や文官はもちろん、兵士でさえいつもより暇になる。

それは国王としてこの国の頂点に立つスレインも同じだった。今年の初めから激動の日々を過ごし、ガレド大帝国の侵攻という壮絶な危機を乗り越えたスレインは、ようやく少し余裕のある日常を得ていた。

スレインの安息の日々は、他の季節よりも遅い起床から始まる。

「……んん」

遅い日の出よりも、さらに少し遅い時間に目を覚ましたスレインは、清潔で心地良いベッドの中で身をよじらせて窓の方を向く。高価な板ガラス越しに部屋に差し込む朝陽を見て、もう朝が来たと知る。

「おはようございます、スレイン様」

そして、すぐ隣から声をかけられる。スレインの副官であり、今ではただの副官以上の存在であるモニカ・アドラスヘルムの優しい声だった。彼女はスレインと同じベッドに入っていて、先に目を覚ましてスレインを見つめていた。

「……おはよう、モニカ」

スレインが応えると、モニカは愛に満ちた微笑みを向けてくれた。そしてベッドから上半身だけ抜け出て、傍のテーブルに置かれた水差しの水をカップに注ぎ、スレインに差し出してくれる。

一糸纏わぬモニカの綺麗な身体が、スレインの視界に入る。

「どうぞ、スレイン様」

「ありがとう」

モニカからカップを受け取り、眠っている間に渇いた喉を潤す。

二人だけのときは「国王陛下」ではなく名前で呼んでほしいと、スレインは彼女に頼んでいる。

水を飲み干したスレインは、モニカにカップを返すとすぐにベッドの中に潜り込んだ。寝室では暖房の魔道具が緩やかな温風を生み出しているが、裸ではやはり寒い。

カップをテーブルに戻したモニカもベッドに再び潜り、二人は間近で顔を見合わせる。どちらからともなく微笑み合う。

「……今日も綺麗だよ、モニカ」

「っ、ほ、本当ですか?」

「うん。すごく可愛い。モニカは世界一可愛い」

「……っ」

モニカの顔が見る見るうちに真っ赤になる。

何事においても優秀な副官であるモニカは、しかし恋愛においてはスレインと男女の仲になるまで全くの未経験だったそうで、ひどく無防備だった。彼女との関係が変わって間もなく、スレインは彼女のこの一面を知った。

スレインが面と向かって愛を囁くと、彼女はいつも簡単に照れて赤くなる。

他の者は知らない、自分だけが見られる彼女のこんな一面が愛しくて、スレインはいつも愛を言葉にして語る。朝だけでなく、夜も、ときには執務の休憩時間にも。

「……スレイン様」

モニカは瞳を潤ませながら、両手をスレインに向けて広げた。

彼女がどうしたいかは、毎晩一緒に寝ているので分かっている。スレインは彼女の広げた両手の中に収まり、彼女の胸に顔を押し抱かれるようにして抱き締められる。

「あぁ、スレイン様……今は私だけのもの……」

心から幸福そうなモニカの声を耳元で聞きながら、スレインもまたこれ以上ないほどの幸福と安心感に包まれる。


といったくだりを毎朝挟み、ときには本来「夜の営み」と呼ばれる行為を朝から行った後に、スレインはモニカと共に起床する。

スレインの朝の身支度はいつしか城館のメイドたちではなくモニカの務めとなり、二人で一緒に着替えて顔を洗い、髪を整え、モニカは軽く化粧をして、寝室を出る。

ちなみに、朝の身支度以外にも、就寝時の身支度や入浴時の世話などもモニカの務めとなっている。そのおかげで使用人たちの仕事は少し減り、浴室担当の使用人の職務も、今は浴室の清掃とお湯の用意だけになった。

城館の使用人たちは全面的に主人たるスレインの味方で、モニカも彼らと上手く良好な関係を築いているので、スレインがモニカを毎晩ベッドや浴室に連れ込んでいても誰も何も言わず、嫌な顔もしない。裏で噂話の種にくらいはしているのだろうが。

こうして、スレインの冬の朝は遅く始まる。

毎日の執務は真面目にこなしているが、そもそも冬は執務の量が少なくなるので、このような生活リズムでも問題なく国家運営が回る。今もなお知識を増やすための勉強は自主的に行っており、体力維持のための鍛錬もこなしているが、それとて毎日長時間を要するわけではない。

　時間に余裕のある穏やかな日々の中、それでも偶（たま）には用事もある。この日スレインは、王国宰相セルゲイ・ノルデンフェルト侯爵と顔を合わせていた。定例会議で話すほどでもない、冬の細かな事項についての話し合いをしていた。

「――よって、向こう数週間は王城外での目立ったご予定はございません。十二月三十一日の正午に王都中央教会で行われる礼拝にご出席いただくのが、陛下の今年最後の公務となります」

「ああ、そうか。王都では毎年の終わりにそういうのがあるらしいね。僕はルトワーレに住んでたから、話でしか聞いたことはなかったけど」

「王と臣民が共に祈ることで一体感を高められるようにと、もともとは初代国王陛下が始められた習慣です。礼拝の際は集った民に向けて、簡単にですが陛下がお言葉をかけることとなっています。先代陛下が毎年どのようなお言葉を語られていたかは公文書に記録されておりますので、それもご参考にして当日までにお考えいただければと。私が考えてもよろしいですが」

「いや、大切な臣民たちにかける言葉だからね。自分で考えるよ」

「左様ですか。では、先代陛下のお言葉の記録を後日お渡ししましょう」

　この件についての話が一段落したところで、スレインはハーブ茶のカップを取った。一口飲もうとして、お茶が残り少ない上にすっかり冷めてしまっていることに気づく。

「陛下。よろしければおかわりのお茶をお持ちしますが」

副官として傍に控えるモニカがそう申し出てきたので、スレインは頷く。

「そうだね。お願いするよ。セルゲイの分も」

「かしこまりました。ただちに」

モニカが退室していくのを見送りながら、スレインはとりあえず冷めたお茶に口をつける。

一方のセルゲイは、モニカが部屋を出て扉を閉めたのを確認した上で口を開く。

「ときに国王陛下。ひとつお尋ねしますが」

「ん？　何？」

「モニカ・アドラスヘルムとは避妊をしておられますかな？」

「んぶふっ」

スレインはむせた。咄嗟に机から顔をそむけたので、テーブルの上に置かれている書類の類いは濡らさずに済んだ。

「げほっ、げほっ……し、知ってたの？」

「お言葉ですが、逆に何故私が知らないと思うのですか。陛下と彼女の関係性の変化については、彼女の父であるアドラスヘルム卿より既に聞いています。最近の彼女が陛下の寝室で寝起きしているという話も、少し調べればすぐに私のもとまで聞こえてきました」

咳き込むスレインに、セルゲイは少し呆れた表情で答えた。

モニカとスレインの仲は、先の戦いを終えて帰還した夜にモニカがスレインの傍に付いていた時

点で、彼女の父であるワルター・アドラスヘルム男爵にも、その妻である男爵夫人にも気づかれている。その上で黙認されている。モニカの相手がこの国の王たるスレインだからこそ。

そして、王国宰相であるセルゲイは、農務長官であるワルターとは仕事で頻繁に顔を合わせる。モニカとスレインの件を聞いていないはずがない。使用人たちの噂に関しても、セルゲイならば容易に調べられるというのは尤もな話。

なのでスレインも、本気でセルゲイに知られていないと思っていたわけではない。王城内では一応公然の秘密のようになっていた自分とモニカの関係について、不意打ちで面と向かって尋ねられて少し戸惑っただけだった。

「仮に全く聞いていなかったとしても、陛下とモニカの距離感や視線を見ていれば、男女の仲になったと分かります。これでも長く宰相をやっている身です。互いに親しげな空気を放つ若い男女を見て、その関係に気づかないほどの無能ではありません」

「……そんなにあからさまだった？　一応、仕事中は距離を保ってるつもりだったんだけど」

「上手に隠されていたとは思いますが、それでも私から見れば実に分かりやすいものでした。先代陛下とアルマ様を思い出しました。あのお二人も実に分かりやすかった」

それを聞いたスレインは、少しの気まずさを覚えながら苦笑する。

「何というか……不思議だね。父とは直接会って話したこともないのに、二代にわたって同じようなことをしてるんだね、僕たち親子は」

「親子とは自然と似るものです。行いだけではありません。あくまで個人的な意見になりますが、陛下は先の戦いから帰還された後、国王として日に日に先代陛下に似てきていらっしゃるように思います。御振る舞いや何気ない御言葉遣いまで」

セルゲイの言葉に、スレインは少し照れるような表情になる。

父に似てきた。そう言われると、何とも言えない嬉しさを覚える。

「話を戻しますが、彼女とはきちんと避妊をしておられますか。これは至って真面目な話です」

セルゲイは真剣そのものの表情で尋ねてくる。

彼の言っている意味はスレインにも理解できる。王族にとって子作りは大切な仕事だが、だからといって正式な婚姻などの過程を経ずに子を生したら、解決不能とは言わないが色々と複雑な問題になる。他ならぬスレイン自身が、王の子であったにもかかわらず、その複雑な問題の末に王城を離れて出自すら知らずに育った身。

スレインが無事に即位して、ハーゼンヴェリア王国の宮廷社会がようやく少し落ち着いたところで、そんな問題が発生したら面倒極まりない。王国宰相であるセルゲイの立場からすれば、スレインが後先考えない行いをしていないか確認するのは道理にかなっている。

「心配しなくても、ちゃんと僕かモニカが『カロメアの蜜』を飲むようにしてるよ。それくらいの分別はあるって」

スレインは苦笑交じりに答えた。

『カロメアの蜜』とは、魔法植物から作られた避妊薬のこと。庶民が気楽に消費できる価格の品ではないが、一国の王ともなればためらいなく使える。愛を交わす男女のどちらかが飲めば女性の妊娠を避けられるという便利な薬で、飲んでから数時間ほど効果がある。

「であれば、よろしゅうございます。娘と男女の仲になった相手が国王陛下ともなれば、アドラスヘルム卿も文句はないでしょうが……それでもモニカと子を生すのは、どうか正式な結婚後にしてください。くれぐれもお願い申し上げます」

その言葉を聞いたスレインは、虚を突かれた表情になった。

「陛下。どうかなさいましたか？」

「……モニカと結婚していいの？」

スレインはモニカと愛し合っており、もちろん彼女を妻にしたいと思っている。

しかし、モニカは男爵家の娘。法衣貴族なので王家との距離はもともと近いが、貴族令嬢としての格は最底辺に近い。

なので、彼女との結婚を周囲に認めさせるのは不可能ではなくても、セルゲイなどは難色を示すだろうし、その説得にはそれなりの労を要すると思っていた。

「おそらく陛下はモニカの家の格を気にしておられるのでしょうが、特に問題はありません。男爵家の娘が王妃になれないという法はありませんし、身も蓋もない言い方にはなりますが、現在の王家においてはむしろ都合が良いとも言えます」

現在、スレインはこの国で生存する唯一の王族。王家と血縁を結ぶための枠が一つしか空いていない以上、妃選びには政治的に慎重なバランス感覚が求められる。

単純に格を考えると、国王の妃ともなれば伯爵以上の貴族家から選ばれるのが一般的。

しかし、東のクロンヘイム伯爵家と西のアガロフ伯爵家のどちらから妃を迎えても、選ばれなかった方の家には不満が残る。かといって、ノルデンフェルト侯爵家やフォーゲル伯爵家、エステルグレーン伯爵家から妻を迎えると、今度は東と西の領主貴族閥それぞれに同時に不満が残る。

ここ数年で、先代国王フレードリクが王国軍の増強や鉄と塩の増産による王権強化を成したばかり。これで唯一の王族が上位の法衣貴族家と血縁を結べば、領主貴族たちを刺激し過ぎる。国内の結束が急務である今、無用な軋轢（あつれき）は避けたい。

また、他国の王族を妃に迎えるという選択肢も今はない。

最初の侵攻を退けたとはいえ、未だガレド大帝国と戦争状態にあるハーゼンヴェリア王国に、このタイミングで王族を嫁がせたい国はない。ハーゼンヴェリア王国としても、自国に不利な状況で他国の王家と縁戚関係を築き、内政に干渉される余地を作りたくはない。

このような状況下で、アドラスヘルム男爵家のような家は「歴とした王国貴族家ではあるが、無力かつ無害である」という理由で都合がいい。

国家運営において外務以外の長官職はさほど大きな力はなく、当主が農務長官を拝命しているアドラスヘルム男爵家も政治力、資金力共に小さい。そんなアドラスヘルム男爵家が「王妃の実家」になったとしても、それだけで貴族社会のバランスを大きく変えることはない。

スレインがあえて格の低い法衣貴族家から妃を迎えることで、「今は王国貴族社会のバランスを崩すつもりはない」と領主貴族たちに向けて示すこともできる。

政治の世界では「政敵が得をして自分が損をさせられた」という感情が最も大きな禍根を残す。

東部の貴族閥。西部の貴族閥。法衣貴族の派閥。三陣営のどこも目立って権勢を増さなければ、結果的にそれが一番バランスを保つことになる。

「なので、陛下がモニカとの結婚後もアドラスヘルム男爵家を露骨に優遇するようなことをせず、東西の貴族閥盟主であるクロンヘイム伯爵家とアガロフ伯爵家を重要視していることを態度で示し続けるのであれば、陛下とモニカの結婚は政治的に良い選択となります」

セルゲイの説明を聞いて、スレインの心の中にあるのは安堵だった。

特に越えるべき障害もなく、モニカと結婚できる。彼女との愛をこのまま守り育んでいける。そう思うと、じわじわと喜びがこみ上げる。セルゲイの前でみっともなくにやけないよう、表情を保つのに少し苦労した。

「ただ、陛下は周辺各国より来賓を迎えて戴冠式を終えたばかりです。東西の貴族閥への説明の時間も要します。結婚式までは少しの時間を空けていただきたい。そして、陛下のお子様の代からは王国貴族家や他国の王家と縁戚を結ぶことが重要になります。最低でも四人、できればそれ以上の子を生していただきたく存じます。王国の安寧のためにも」

それを聞いたスレインは苦笑した。

モニカが多くの子を産むことについては、王妃ともなれば身体的な心配はさほどない。出産時は王家お抱えの医師や治癒魔法使いが付くし、出産の痛みや母体の体力消耗を抑える高価な魔法薬も惜しまず使える。

子育てについても、王家ともなれば優秀な乳母や家庭教師を選び放題。親であるスレインやモニ力が直接的に忙しくなる心配はない。

とはいえ、それでも多くの子を生し、王族としてふさわしい人間に育てていくのが大変な仕事であることに変わりはない。

「分かった。モニカも僕との結婚を望むからには、そのあたりの事情は理解してくれてるはずだし……彼女と結婚した暁には、子沢山の夫婦を目指すよ」

苦笑交じりのスレインがそう答えた直後、ハーブ茶を淹れ直したモニカが戻ってきた。

＊＊＊

「ふっ！　ふっ！　ふっ！　ふっ！」

年が明けた一月上旬。王国軍将軍であるジークハルト・フォーゲル伯爵は、屋外で一人、鍛錬のために剣を振るっていた。真冬の風が吹いている中で、しかしジークハルトは上半身裸。その筋骨隆々の身体からは汗が噴き出している。

武門の貴族家であるフォーゲル伯爵家に生まれ、祖父と父の後を継いで軍人となり、二十余年。ハーゼンヴェリア王国において軍事の実務最高責任者となった今でも、ジークハルトは屈強な肉体を維持し、自らが強き騎士であり続けている。

ハーゼンヴェリア王国は小さな国。王国軍も総勢三百人と、全員の顔と名前を覚えられる規模の組織。こうした組織では将としての能力だけでなく、個人としての強さもまた兵士たちの上に立つ説得力を生む。

王国軍が王家の剣であり続けるためには、まず自分が強く鋭い剣先であらねばならない。それがジークハルトの、祖父や父から受け継いだ考えだった。

ジークハルトが鍛錬をしている場所は、指揮官用の天幕の裏手。ここはハーゼンヴェリア王国領土の東端、かつてはガレド大帝国を刺激しないための緩衝地帯とされ、今は国境防衛のために王家直轄の野戦陣地が置かれている地。

ジークハルトは王都ユーゼルハイムで主君たるスレインの戴冠式を見届けた後、国境防衛を指揮するイェスタフ・ルーストレーム子爵と交代するかたちでこの野戦陣地に来た。

どの国も軍を大きく動かせない冬の間は戦いは起こらないので、ジークハルトがスレインの助言役として付いておく必要はない。また、イェスタフを秋から冬明けまで国境に張り付けておくのはさすがに気の毒だという、上官としての配慮もあった。

「将軍閣下、鍛錬中に失礼いたします。朝の定例報告にまいりました」

「構わん。ちょうど一段落したところだ」

歩み寄ってきて敬礼した騎士に、ジークハルトは汗を拭きながら答える。

騎士による定例報告は、いつもと変わりない。ロイシュナー街道沿いの山を斥候が進み、ガレド大帝国側の様子を確認したが、目立った軍事行動の予兆はなし……という内容だった。

いかな帝国といえど、冬に軍事行動をとることはできない。そんなことをしても多くの兵を無駄に死なせるだけ。そもそもフロレンツ第三皇子には、すぐに再侵攻を行う力はないはず。

「報告ご苦労。敵が行動を起こす可能性は万が一にもないとは思うが、それでも警戒はしっかり頼んだぞ」

「はっ」

敬礼して去っていく騎士を見送り、ジークハルトは野戦陣地を見回す。

季節は冬で、敵が動く予兆もない。それもあって、国境に張り付けた五百の兵の半数以上は、先の戦いで廃村となったクロンヘイム伯爵領の農村跡地に駐留させている。援軍であるイグナトフ王国の兵も、多くはそうしている。

そして、山の麓、谷間の入り口に築かれたこの野戦陣地では、急ごしらえの堀や柵を増強するかたちで砦の建造が進められている。

他にやることもない兵士たちは、身体を動かせばとりあえず温まるので穴掘りや木材運搬などの作業に意欲的に従事している。

「……」

平穏なものだ、とジークハルトは思う。

国境防衛とはいっても、実際はこんなもの。やることといえば土木作業か見回り、定期的な戦闘訓練、後はひたすら待機をしての時間潰し。

しかし、この平穏の中に自分たちの使命がある。自分たちが国境に張り付いて平穏な軍務をこなし続けることで、国そのものの平穏が保たれる。

ジークハルトは軍服を身につけ、表に出る。

「よく晴れたいい朝だ！　お前ら、今日もしっかり励めよ！」

「「「はっ！」」」

声を張るジークハルトに、兵士たちも威勢よく答えた。

＊＊＊

およそ五千の人口を抱える王都ユーゼルハイムは、北側に王城の敷地を、南側に臣民の暮らす市街地を抱える造りとなっている。

王城と市街地の間には法衣貴族たちの屋敷が集中しており、その一角にエステルグレーン伯爵家の屋敷もあった。

伯爵家とはいえ領地を持たない法衣貴族。その屋敷は二階建ての小ぢんまりとした造りで、雇っているのも警備要員たる私兵と身の回りの世話を任せる使用人が、総勢で十数人。

この屋敷で、当主であるエレーナは冬の余暇時間を過ごす。

早逝した父に代わり、嫡女としてエステルグレーン伯爵家を継いで数年。普段は外務長官として周辺諸国を飛び回っているエレーナにとって、王都に留まることを余儀なくされる真冬の間は、逆に言えばあまり仕事に追われず家でゆっくりと過ごせる貴重な時期だった。

「またここにいたのかい？　エレーナ」

屋敷の一室にいたエレーナにそう声をかけてきたのは、十年前に王国西部の領主貴族家から婿入りしてきた夫。

　穏やかな気質の彼は、家を留守にすることの多いエレーナに代わって、この王都で家を守ってくれている。夫婦仲は極めて良好。仕事では作り笑顔を貼り付けているエレーナが、心から笑顔を向けられる数少ない存在だった。

「ええ。今年のうちにこの絵を仕上げておきたくて」

　エレーナは向き合っていた一枚の絵から、夫の方へと顔を向ける。

　王国を出て様々な場所を巡ることの多いエレーナは、記憶に残った光景を絵に残すことを、いつしか自分のささやかな趣味としていた。

「……相変わらず上手いものだなぁ。これも、帝国との戦いの絵かい？　これでもう何枚目？」

「ふふふ、四枚目よ。これはハーゼンヴェリア王国とイグナトフ王国の騎兵部隊が突撃していく場面の絵。あの戦争に関する絵は、これで最後かしらね」

「同じ題材で四枚なんて、君の今までの絵の中でも渾身の大作だね。国王陛下に献上しても……」

　身内の贔屓目が過分に含まれた夫の言葉に、エレーナは苦笑して首を横に振った。

「そんなことできないわよ。この程度じゃ戦争画にはならないわ」

　趣味にしてはなかなかの腕だと絵師からも称賛されたことがあるが、所詮はお遊びの作品。先の大戦を戦争画として記録に残す仕事は、軍に随行していた高名な絵師が務めてくれるので、エレーナの絵は必要ない。これはやはり、あくまでも趣味だった。

「そうか、そういうものか……難しいな」

「ところで、何か用があって呼びに来たんじゃないの？」

「ああ、そうだった。君の好きな胡桃（くるみ）のケーキを焼いたんだ。だからお茶にしないか？　子供たちも一緒に」

エレーナは窓から差し込む陽の高さを見て、少し驚く。絵を描くことに集中しているうちに、意外と時間が経っていたらしい。

「そうね、そうしましょう」

立ち上がり、軽く伸びをして夫と部屋を出る。

家でゆっくり過ごせるということは、家族と長く一緒にいられるということ。これもまた、冬の良いところだ。

＊＊＊

まだ年が明けて間もない日から、セルゲイは王国宰相として執務に励んでいた。冬場なのでいつもよりは暇だが、それでも立場上、他の者よりは仕事が多い。

今日は農務長官ワルター・アドラスヘルム男爵と顔を合わせ、今年の農業計画を確認している。

「……なるほど。確かに、このような手法であれば農民たちにジャガイモ栽培を受け入れてもらうことも早く叶（かな）いそうですな」

「これも陛下のご発案だ。ご本人曰（いわ）く『まだ思いつきの段階』だそうで、具体的にどう農民たちに話すかなどは、これから考えをまとめるとのことだ。内容が固まったら、卿も同席させて陛下よりご説明いただく場を設けよう」

「かしこまりました」

その後もしばらく細かな事項について確認し合い、そう時間もかからず仕事の話は終わる。

「ところで、陛下と卿の娘の件だが……」

「ええ、先日娘が屋敷に帰ってきた際に、意思を確認しました。さりげなく聞いたつもりがこちらの意図をすぐに察したようで、陛下のもとへ嫁ぐ意思があると明言していました。王家に嫁ぐ上での義務や、わきまえるべき諸々の事項も、私が説明するまでもなく理解していたようです」

セルゲイが尋ねると、ワルターは苦笑交じりに答えた。

「そうか。彼女の意思がはっきりしているのならば良い。あれだけ聡明で有能な娘であれば、確かに諸々の説明も不要だろうな。話が早くて助かると思うことにしよう……とはいえ、政治的な事情もある。正式な結婚は今年の後半といったところか」

スレインはその育ちも、即位の経緯も異例尽くしだった。事態急変に晒された領主貴族たちの感情的な面を考慮しても、王族一同の国葬からスレインの戴冠式、さらに結婚式までをあまり短期間に詰めて行うことはできない。

モニカが王妃となる背景の事情や法衣貴族側の意図、スレインの子供の世代では東西の領主貴族家と血縁を結ぶつもりであることなどを説明し、それを東西の貴族閥の中で共有してもらい、受け入れてもらうだけの時間も要る。

また、国王の結婚式ともなれば、国葬や戴冠式ほど政治的に重要ではないとしても、やはり近隣諸国からは代表者を招くことになる。そうなると、相手方の事情も考えるとあまり短期間に何度も来訪を強いることはできない……という外交的な事情もある。

とはいえ、王家のさらなる安定のためにも、そう期間を空けずにスレインに妃を迎えさせ、子作りを始めてもらわなければならない。

それらの事情を勘案して、スレインとモニカの結婚式を執り行うのならば、今年の後半頃というのがセルゲイの考えだった。

「では、アドラスヘルム男爵家としてもそのつもりで心の準備をしておきましょう」

「頼んだ。そのうち陛下からも、モニカとの結婚に許諾を求める話が卿になされるだろう。おそらく直接にな」

「ははは、陛下ご自身からですか」

「ああ。陛下はそういうお方だ……そしてもう一つ。モニカが陛下の妻となれば、アドラスヘルム男爵家は王妃の実家となるわけだが」

「ええ、もちろん心得ております。私が陛下の義理の父となるからといって、その立場を利用するようなことはしないと肝に銘じます。陛下の義兄となる我が息子についても同じく」

ワルターはセルゲイの言いたいことを察し、即答した。

「そうか。まあ、卿であれば大丈夫だとは最初から思っている。私も立場上、このような話をしないわけにはいかないのでな。理解してくれ」

「承知しております。どうかお気になさらず」

それで今日の話は終わりとし、セルゲイはワルターより先に退室する。

「宰相閣下。お疲れさまでした」

「ああ。今日はもう、人と会う用事はなかったな？」

「はい。正午のご休憩の後は、財務関係の事務処理の予定となっています。この後の昼食は執務室の方で？」

「それで頼む。お前は午後はもう上がっていいぞ」

「いえ、閣下が執務をなされるのであれば、私もお供させていただきたく思います」

「……そうか。好きにするといい」

自身の補佐官であり、甥であり、次期侯爵かつ次期宰相である文官と言葉を交わしながら、セルゲイは城館の廊下を足早に進む。

今年で六十六歳の老齢であるセルゲイは、しかし精力的に執務に励んでいる。冬だからといってのんびり余暇を楽しむという考えはない。宰相である自分にそんな時間はないと思っている。

自分の身体が執務に耐えうるのはおそらくあと五年程度か、あるいはもっと短いかもしれない。であれば、残された時間はこの国と王家、新国王たるスレインのために使うべき。

そんな信念を抱きながら、セルゲイは今日も自分にできる仕事をする。

＊＊＊

将来は馬を育てる仕事をしたい。

ベーレンドルフ子爵家の当主ヴィクトルは、子供の頃は密かにそんなことを考えていた。

しかし、ヴィクトルは武門の貴族家の嫡子として生まれた身。馬の世話や騎乗練習ばかりしているわけにもいかず、武芸全般から学問までを広く学び、当たり前のように軍人になった。

二十八歳のとき、王国軍で史上最年少の大隊長となった。前団長である先代ルーストレーム子爵の引退を機に、三十代前半で近衛兵団長となった。先代当主である父の隠居によって、ベーレンドルフ子爵家の当主となった。

この立場と身分のまま人生を歩んでいくことは既に決まっている。子供の頃の密かな夢はもう叶うことはない。

とはいえ、ヴィクトルはそのことに不満や後悔があるわけではない。近衛兵団長として王家を守り、子爵家当主として家を守る日々は充実しているし、そもそも別に、何が何でも馬を育てる仕事をしたかったわけではない。

ただ、実際と違う人生を空想するのは今でも小さな楽しみになっており、生きて軍を退く日が来たら、貯めた給金で小さな牧場でも持ってみるのもいいかもしれないとは考えている。

そんな理想の老後を、今のうちから雰囲気だけでも体感できるのが、この冬という季節だった。

「ああ、ベーレンドルフ閣下。今日もいらしたんですね」

軍装を汚さないよう、私服に剣のみ帯びた姿で王城の厩（うまや）を訪れたヴィクトルを、厩（きゅう）番を務める使用人がそう言って迎える。

「昨日に続いて今日も非番だからな。また邪魔して悪いが、少し手伝わせてくれ」

国王の外出時はつきっきりで、そうでないときも大半の日は警護責任者として軍務に就くヴィクトルは、社会の休眠期間とも言うべき冬にまとめて休暇をとる。休暇といっても、いざというときはすぐに警護任務に就けるよう、非番というかたちで常に帯剣はしているが。

この休暇中、ヴィクトルは屋敷で家族と過ごすとき以外は、専ら馬の世話をして過ごす。

「構いませんよ。俺としちゃあ、むしろありがたいし楽しいですがね。子爵閣下にあれこれ仕事を頼める貴重な季節だ」

冬が来るたびにこうしてヴィクトルの休暇に付き合わされる厩番は、笑いながらそう言った。彼の言い方にヴィクトルも苦笑を返す。

「それじゃあとりあえず、奥の奴から順にブラシをかけてやってください」

「分かった、任せてくれ」

厩での仕事の勝手は、毎年手伝っているヴィクトルも既に知っている。いつもの場所からブラシを取り、厩の奥に向かう。

奥にいたのは国王スレインの愛馬フリージア。利口で大人しいこの牝馬(ひんば)に歩み寄り、鼻先と首を軽く撫(な)でてやってから、その身体にブラシをかけてやる。フリージアはくつろいだ様子で、気持ちよさそうに鼻を鳴らした。

「……」

馬たちが時おり足踏みをしたり鼻を鳴らしたりする以外は静かな厩の中で、ヴィクトルは落ち着きを覚える。

のどかなものだ。やはり馬はいい。

＊＊＊

筆頭王宮魔導士を務める名誉女爵ブランカも、冬はあまり仕事もなく、貴族街の外れにある自宅で多くの時間を過ごす。

ブランカは使役魔法使い。使役するツノヒグマのアックスは寒さに弱く、鷹（たか）のヴェロニカもアックスほどではないがあまり寒さに強くないので、冬には活躍の機会がほとんどない。

どちらにしろ、冬は戦いが起こる可能性もほぼなく、緊急の偵察などを行う場面もあまりないため、ブランカたちにとっては休息の季節となる。

「おはよう、あんたたち。いい子にしてたかい？」

筆頭王宮魔導士へと貸与される家には、今はアックスとヴェロニカのための小屋が併設されている。王家の資金援助を受けて作られたここは「小屋」と呼ばれてはいるが、巨体のアックスでも狭くないよう広々としていて、鷹のヴェロニカが息苦しくないよう天井も高い。

母屋からこの小屋に入ったブランカは、藁（わら）を積んだねぐらからのそのそと起き上がってきたアックスを撫で、天井近くの止まり木から降りてきたヴェロニカを肩に乗せ、彼らに朝食を与える。

ヴェロニカには生きたネズミ。アックスには秋のうちに採集されていたドングリと、茹でた鶏肉を少量。アックスの生態は動物の熊に近いため、彼は冬の間あまり量を食べず、一日の大半を寝て過ごしている。

暖房の魔道具によってほどよく暖まった小屋の中で、ヴェロニカは元気よく、アックスはもそもそと食事をとる。小屋内を適温に保つために魔道具が消費する魔石代も馬鹿にならないので、ブランカの能力の特性を考慮して王家からは特別手当が支給されている。

「ブランカ、こっちにいたのね」

後ろから声をかけられ、ブランカが振り向くと、そこにいたのはブランカの伴侶だった。

「ダリヤ。起きてたのか」

「ついさっきね……ああ、こっちはいつも暖かくていいわね」

彼女はそう言いながら、母屋と小屋を繋ぐ扉を潜る。朝食をとるアックスとヴェロニカを彼女が撫でると、彼らは挨拶をするように鼻先を向け、また食事に戻る。

アックスもヴェロニカも、彼女をブランカの伴侶として、彼らの言い方だと「群れの仲間」として認めている。

「おはよう、ブランカ」

「おはよう、ダリヤ」

ブランカは伴侶である彼女と口づけを交わす。この国の法では結婚は男女にのみ適用される概念だが、二人の意識としては、互いを伴侶だと考えている。

ブランカが彼女と出会ったのは四年前。同性を恋愛対象とし、かつブランカにとって魅力的に映り、なおかつアックスやヴェロニカの存在を受け入れてくれる女性と巡り合えたのは、本当に幸運なことだった。

出会って間もなく愛し合う関係となり、共に暮らすようになってもう三年になる。ブランカは彼女を妻とし、アックスやヴェロニカを子供とし、幸福な家庭を築いている。

魔法の才は遺伝しない。なので爵位は一代限りの名誉女爵。ブランカには子に継がせるべき家も身分もないので、人間の養子などをとる必要はない。

「私たちも朝食にしましょうか。買い置きのパンと、昨晩の残りのスープでいいかしら?」

「ああ、いいよ。それと、今朝は卵も食べたいね」

「ふふふ、分かったわ」

ブランカは彼女の肩を抱きながら、彼女と共に母屋の方に戻る。

その後ろでは食事を終えたアックスがあくびをしながらねぐらに戻り、同じく食事を終えたヴェロニカが羽を伸ばして適当な止まり木へと飛んだ。

＊＊＊

冬の時間は穏やかに流れ、王国暦七十八年の一月中旬。

ハーゼンヴェリア王国の国教であるエインシオン教における「新年の祝祭」の日が、この年もやってきた。

これは祝祭とはいっても、毎年秋に行われる生誕祭――エインシオン教の預言者が誕生したことを祝う、一年で最も大きな祭り――や、夏に農村部で行われる収穫祭とは違い、決して賑やかな祭りというわけではない。

正午には各教会で祈りの集会が行われ、国王が王都の広場に立って新たな一年の幸福を祈願する演説を行い、夜は各自が家で家族と共に祈りを捧げながら夕食をとる。そんな、やや宗教的な色合いの強い文化として根づいている。

スレインはその慣習に従って王都中央教会で集会に参加し、広場でこの国と民のさらなる幸福を願う言葉を語り、そして今は夜。城館の祈りの部屋で、これから神への感謝を捧げつつ夕食をとることになる。

一信徒として祭服に身を包み、祈りの部屋に入る準備を終えたスレインは――王国宰相セルゲイから詰め寄られるようにして注意事項を語られていた。

「よいですか、陛下。くれぐれも祭服の袖や裾にはお気をつけください。扉は完全には閉めず鍵も開けておき、万が一何かございましたら、すぐに大声で近衛兵や使用人をお呼びください」

「分かってるよ、ちゃんと気をつけるから大丈夫……去年みたいなことには絶対にならないから」

スレインは微苦笑交じりに答えた。

昨年、ハーゼンヴェリア王国の王族はこの祝祭の夜に、祈りの部屋の火事で尽く死亡した。セルゲイがこれほど心配するのも無理のないことだった。

しかし、今年は昨年とは違う。スレインは特別に信心深いわけではないので、部屋に飾られる藁束の飾りも昨年までと比べたら随分と少ない。室内の灯りも一部は照明の魔道具を用いて、蠟燭は祭服の袖や裾が触れないよう高い位置に置かれる。

そして、それまでは出入り口が一つだった祈りの部屋は、隣の部屋と繋がるように、非常口となる扉が増設されている。窓も以前より大きく作り直されたので、すぐに換気もできる。

できる限りの措置が取られ、昨年までと比べたら安全性は格段に高まっている。祈りの在り方としては必ずしも厳密に教義に則っているとは言えないが、今ばかりは安全第一だった。

「だから、君はノルデンフェルト侯爵家の屋敷に帰って、自分の家族と祈りの夕食を過ごしていいんだよ？　こっちが無事に終わったら、侯爵家の屋敷まで報告の兵を送るから」

「……いえ。私は陛下が祈りの夕食を終えられるまでは、王城で待機させていただきます。弟一家を待たせることにはなりますが、彼らも理解してくれるでしょう」

スレインの無事を見届けるまでは帰る気がないらしいセルゲイの様子に、スレインは苦笑を大きくした。

「分かった。それじゃあまたすぐ後でね」

「はい。陛下、何卒お気をつけください」

セルゲイから見送られ、スレインは祈りの部屋に入る。その後ろにモニカも続いた。

本来は家族と共に祈りの夕食を過ごすのが一般的だが、スレインに家族はいない。一人では昨年のような事態があった場合に助けを呼べない可能性があることと、スレインが個人的に寂しいということもあり、モニカが世話係の名目で夕食を共にする。

スレインは室内を見回す。藁束の飾りは扉からある程度離れた位置に置かれ、それぞれの飾りの間隔も広く取られている。蠟燭はテーブルの上に数本あるのみで、垂れた蠟の受け皿は広く、燭台の背は高い。

「……これで火事になることはないね」

「はい、スレイン様。万が一何かあっても、私が必ずお助けします」

モニカとそう話しながらテーブルにつき、夕食を前にする。

黒パン。キャベツの酢漬け。豆と塩のスープ。薄いワイン。清貧の象徴とされる品々だった。

「それじゃあ、モニカ」

「はい、陛下」

向かい合わせではなく、隣り合わせで置かれた椅子に並んで座るスレインとモニカは、手を繋いで目を瞑る。

「……神は我らの父、そして我らの母。神の恵みに感謝し、我らの新たなる一年にその愛と祝福を賜らんことを願う。我らは神の子なり」

スレインの唱えた祈りの聖句をモニカも復唱し、そして食事を始める。

祈りの夕食とはいえ、私語が禁じられているわけでもない。いつもより神への敬虔の念を持って食事に臨めばいいだけで、大声で騒ぐのでもなければごく普通に会話を楽しむことも許される。

「なんだか不思議な感覚だな……去年はここで、父さんたちが食事をとっていたんだよね」

なので、スレインはパンを千切りながら呟く。決して悲しげに言ったつもりはなかったが、モニカから心配そうな視線を向けられて、慌てて笑う。

「ああ、大丈夫。ただ何となく言っただけだよ。父さんたちのことも、母さんのことも、気持ちの上ではもう乗り越えてるから。もうすぐ一年が経つわけだし」

スレインとしては、父と同じ日に旅立った母は、今も父と一緒に神の御許から自分を見守ってくれていると思っている。なので、あまり寂しさは感じていない。

「そう、ですか……スレイン様。私はこれからもずっと、スレイン様のお傍におります」

テーブルの上でスレインの手にそっと自分の手を重ねてくれた彼女に、スレインは微笑む。

「ありがとう。モニカは僕の心の支えだよ……愛してる」

「……私もです。心からお慕いしています。愛しています」

モニカは普段の落ち着いた微笑ではなく、どこか初心な少女のような笑みで答える。

幸福だ、とスレインは思う。

昨年はスレインにとって、そしてこの国にとっても激動の一年だった。苦悩し、疲れ、困難にも直面した。

それら全てを乗り越え、自分は今、確かに幸福を得ている。国王としてこの幸福を享受するにふさわしい程度の貢献を、今この国にできているかはまだ分からないが。

「父さんと母さんが今の僕を見たら、良い息子だと言ってくれるかな」

スレインの声は、自分でもひどく幼く聞こえた。

「もちろんです。先代国王陛下も、お母様も、スレイン様を誇りに思ってくださるはずです」

「……そうか。よかった」

モニカの言葉にスレインは小さく笑い、またパンを千切る。

当然、この後に火事が起こることなどもなく、新年の祝祭は無事に終わった。

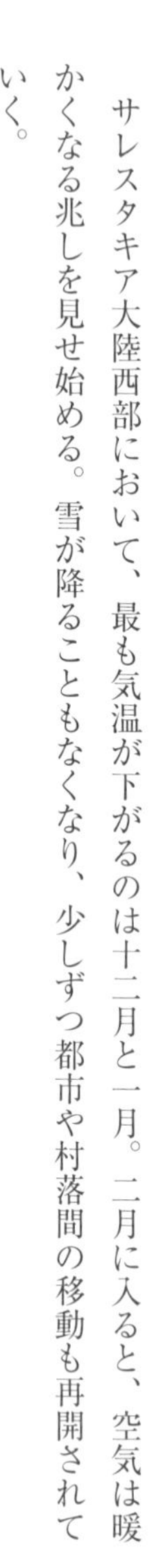

二章　謀反

サレスタキア大陸西部において、最も気温が下がるのは十二月と一月。二月に入ると、空気は暖かくなる兆しを見せ始める。雪が降ることもなくなり、少しずつ都市や村落間の移動も再開されていく。

この時期になると、ハーゼンヴェリア王国の各地を治める領主貴族は、王家に新年の挨拶を行うために王都へと参上する。

その際、領主貴族たちは王家への貢ぎ物を持参する。彼らは王国に対して軍役以外の義務はないが、こうした貢ぎ物は事実上の納税と捉えられており、家格に応じてそれなりの品をそれなりの量、差し出すことが求められる。

どの程度の貢ぎ物が妥当かは王国のこれまでの歴史で目安が決まっていて、極端に質や量を落とせば、それは王家への反抗と見なされる。

例として、この王国暦七十八年には、西の国境を守るアガロフ伯爵家からは二十本の剣と二十本の槍（やり）、そして領内で作られた中でも特に上質なワインが貢がれた。他にも各領主貴族から、武具や陶器、布、家畜、嗜好品（しこうひん）などが貢がれた。

先のガレド大帝国との戦いでスレインの才覚を間近に見た東部貴族たちは例年よりやや豪華な、

西部の貴族たちも無難な内容の貢ぎ物を王家に差し出しており、特に内容に問題はなかった。

ちなみに、先の戦いによる消耗の激しいクロンヘイム伯爵家は、現在はむしろ王家から復興支援を受ける立場であるため、今年は貢ぎ物を免除されている。

こうして、領主貴族たちによる新年の挨拶は何事もなく進み、二月も中旬にさしかかった頃。最後に挨拶に来たのはウォレンハイト公爵――当人ではなく、その遣いだった。

副官のモニカと助言役のセルゲイ、警護責任者のヴィクトルを傍らに控えさせて玉座に座るスレインに、公爵家の遣いは片膝をついて頭を下げる。

「スレイン・ハーゼンヴェリア国王陛下。我が主ユリアス・ウォレンハイト公爵閣下のお言葉として、新年のご挨拶を申し上げます。新たな年を迎え、王家と王国が神の祝福のもと、さらなる繁栄を遂げることをお祈り申し上げます」

「ウォレンハイト公爵の挨拶の言葉、確かに受け取った。顔を上げてくれ……公爵と直接顔を合わせられなかったのは残念だ。彼の体調はどうかな？」

新年の挨拶は原則として領主貴族家の当主が自ら参上することになっているが、当主が高齢であったり病気であったりする場合は、その子弟や家臣が代理となることを許される。

体調不良を訴え、未だ独身であるために公爵家の騎士を遣いとして送り込んできたユリアスの現状について、スレインは穏やかな口調で尋ねる。

「はっ。ウォレンハイト閣下は今月の初めより続いていた熱や腹痛も落ち着き、後は体力さえ回復すれば問題ないだろうと医者に言われております。閣下ご自身がこの場への参上を強く望んでおられましたが、体力の回復を待っていると陛下をお待たせし過ぎるために、やむを得ずこのようなかたちでのご挨拶となりました」

片膝をついた姿勢のままで顔を上げた公爵家の遣いは、無表情でそう語った。

「そうか。ウォレンハイト卿の一日も早い回復を願っている。近いうちに、直接顔を合わせて話したいものだね」

「陛下よりそのようにお言葉を賜ったと、ウォレンハイト閣下に間違いなくお伝えいたします」

スレインは口ではこう語ったが、内心では少しほっとしていた。公爵領にいるユリアスも、おそらくは同じように思っていることだろう。

ユリアスとスレインは一応は親戚であるが、直接の血縁関係は他人同然に薄い。昨年までは互いの存在も知らず、育ちもまるで違うため、互いに相手を少し苦手に感じている。

将来的にはスレインとユリアスの子供同士を結婚させて公爵家と強い縁戚関係を復活させなければならないが、今のところはそれぞれの身分を頼りに表面的な関係を維持する仲だった。

そもそもユリアスが本当に体調不良なのかも怪しいが、スレインはあえて何も追及しない。

「それでは国王陛下。これよりウォレンハイト公爵家からの貢ぎ物をお見せしたく存じます」

「分かった、頼む」

スレインの許可を受けて、公爵家の遣いは後ろを向く。自身の後ろに待機させていた、非武装の公爵領軍兵士たちに手振りで指図をする。

四人いる公爵領軍兵士たちは、公爵家の家紋が刻まれた大きな箱を担いで前に進み出る。公爵家の遣いが箱の蓋（ふた）を開くと、中には乾燥させたハーブを収めた壺（つぼ）があった。お茶ではなく、料理の香辛料として使う類いのハーブ。公爵領の特産品として知られているものだった。

公爵家の遣いはハーブの入った壺を箱から取り出し——そこで、事態が急変する。

「陛下！」

「えっ？」

モニカの叫ぶ声と剣を抜く音が聞こえ、スレインは傍らを振り返る。抜剣したモニカがスレインを庇（かば）うように前に出てきて、同じく抜剣したヴィクトルが公爵家の遣いに迫る。

一方で、公爵家の遣いは壺の中に片手を突っ込んでいた。中から何かを取り出し、壺の方は床へ投げ捨てる。そのときには、既にヴィクトルが肉薄していた。

「くそっ！」

公爵家の遣いはそう毒づきながら、壺から取り出した何かをスレイン目がけて投げつけようと振りかぶるが、ヴィクトルの方が速い。スレインの目では捉えられないほど素早く振るわれた彼の剣に、公爵家の遣いは一瞬で斬り伏せられる。その手に握られていた短剣が、結局投げられることなく床に転がる。

その頃には、謁見の間の壁際に控えていた近衛兵たちも動いている。箱に積まれた壺から短剣を取り出した公爵領軍兵士たちに、近衛兵たちが迫る。

「ちっ！」

「おのれ！」

公爵領軍兵士たちは武器を手にスレインを睨むが、スレインのもとまで迫ることは到底叶わない。近衛兵たちの手にした剣と、公爵領軍兵士たちが壺から取り出した短剣では間合いに差があり過ぎる。さらには、精鋭の近衛兵と貴族領軍の兵士では実力も違い過ぎる。

四人の公爵領軍兵士は大した抵抗をすることも叶わず、僅か数秒のうちに二人が斬り殺される。

「殺すな！」

ヴィクトルが命じる声が響き、近衛兵たちは戦い方を変える。残る二人の公爵領軍兵士を剣や拳で殴りつけ、あるいは短剣を握ったその手を斬り飛ばし、多少の流血があろうと少なくとも命はある状態で取り押さえる。

そうして、謁見の間の只中で始まった突然の戦いは終わった。

「陛下！　お怪我は⁉」

「……僕は大丈夫だよ」

こちらを振り返ったモニカに顔や首、身体を確認されながら、スレインは呆然として答えた。

恐怖で震えるということはない。国王にもなれば暗殺を試みられる可能性があることは理解しているし、ガレド大帝国との戦いを決意したあの日から死は恐れていない。

それに、自分にはモニカやヴィクトル、近衛兵団という優秀な護衛が付いている。実際、今回は彼らが迅速に動いてくれたおかげで、危機的な状況には至らなかった。

しかし、それでも驚くものは驚く。今は近しい血縁が切れているとはいえ、まさか公爵家の人間から殺されそうになるとは思っていなかった。

スレインの隣では、老獪な王国宰相として肝が据わっているセルゲイも、さすがに少し驚いた表情を見せている。

「えー……っと、こういうときは、次はどうすればいいのかな」

予想外の事態に未だ戸惑いを抱えているスレインは、生け捕られた公爵領軍兵士の二人を見ながら呟いた。二人は後ろ手に拘束され、自死を防ぐために口には布で猿轡をされている。

「……ひとまず場所を移し、今後の公爵家への対応を話し合うべきでしょう。フォーゲル卿とエステルグレーン卿も呼びましょう」

「この者たちはひとまず地下牢に移し、王宮魔導士の心理魔法使いによって尋問を行うべきかと。また、念のため非番の近衛兵を招集して王城の警備を強化し、ウォレンハイト公爵が他に行動を起こしていないか偵察も行った方がよいと考えます」

セルゲイとヴィクトルそれぞれの進言を聞き、スレインはしばし考えて頷いた。

「分かった。ひとまず会議室に移ろう。ジークハルトとエレーナも呼ぼう……それと、鷹のヴェロニカをウォレンハイト公爵領の方に飛ばして、公爵が何か行動を起こしていないか確認してもらおう。捕らえた二人の尋問と王城の警備強化については、ヴィクトルに任せる」

すぐに決断し、指示を出したスレインは、モニカとセルゲイ、さらに警護の近衛兵三人に囲まれながら会議室へと向かった。

それからさほど時間もかからず、ジークハルトとエレーナも会議室に到着し、緊急の話し合いの輪に加わる。

「まさか公爵の遣いが国王陛下の暗殺を試みるとは……礼節が仇となりましたな」

腕を組みながら呟いたのはジークハルトだった。

国王への謁見は非武装が原則。謁見する者が武器を隠し持っていないかも確認される。

しかし、特に領主貴族やその使者が謁見する場合は、服の中までまさぐり、荷物を全てひっくり返して武器を探すようなことはない。

特に建国当初からの王家の親戚であるウォレンハイト公爵家の場合、確認は通り一遍のものとなってきた。貢ぎ物を収めた箱の中を近衛兵が事前に見ることはしても、ハーブの収まった壺をかき回して武器を探すことまではしない。

これは初代国王の時代より王家と血を分かつ公爵家への礼節であり、再び公爵家との血縁を強めて関係を保っていくつもりだった王家は、その対応を今も変えていなかった。

それが結果として裏目に出た。

「その礼節も今日までだ。ハーゼンヴェリア王家とウォレンハイト公爵家の関係は、もはや完全に破壊された……国王陛下。此度の暗殺未遂事件の発生は、公爵家との関係継続を成すべきと、王国宰相として進言していた私の責任です。血縁が薄れた今、ウォレンハイト公爵をもっと警戒すべきでした。お詫びのしようもございません」

「……いや、セルゲイの責任は問わないよ。今は血縁が薄まったとはいえ、ウォレンハイト公爵がこんな暴挙に及ぶなんて、誰も想定できない。僕だって想像もしてなかった」

公爵家は初代国王の弟の家。フレードリクの代には、また血縁を強く結ぶために王妹と公爵家当主の結婚が実現した。昨年の火事によってその血縁は失われたが、スレインの子供の代には再び結婚によって両家を結ぼうと、王家の中では考えられていた。

それほど王家に近い、名門中の名門貴族家が凶行に走った。このような事態を予想できなかったことで、誰かの責任を問うのはあまりにも酷な話。

「責任の話より、今後の話をしよう。まずはウォレンハイト公爵の意図だけど……」

「……ウォレンハイト公爵家が陛下の暗殺を試みるとすれば、その目的はまず間違いなく王位の簒奪(さんだつ)でしょう」

重苦しい口調で言うセルゲイに、スレインは苦笑した。

「まあ、やっぱりそうだよね」

王家の次に格の高い貴族が国王の暗殺を決意するとしたら、その目的はひとつ。スレインも他に理由は思い浮かばない。

「でも、仮に公爵の遣いたちが僕の暗殺に成功していたとして、それで王位を簒奪できるものなの？ 王家との直接の血縁が薄れてる今、そんなかたちで王位を奪ったウォレンハイト公爵に他の領主貴族たちは従う？」

スレインの王太子時代、平民上がりの頼りない青年に領主貴族たちが曲がりなりにも忠誠を誓ってくれたのは、スレインがフレードリクの息子であるという揺るぎない血統があったから。王家直系の血統という絶対の正当性もなく国王を暗殺するような人間に、貴族たちが素直に従うとは、スレインには思えなかった。

「いえ、まずあり得ないでしょう。そのことはウォレンハイト公爵も分かっているはずです」

セルゲイは首を横に振りながら、スレインの予想と同じ見解を示す。

「何か勝算があって、ウォレンハイト公爵が行動を起こしたのだとしたら……例えば、ガレド大帝国などと通じて、ハーゼンヴェリア王国を内と外から崩す計画を立てていたとしたらどうでしょうか？　王家の血筋を断絶させて王国社会を混乱に陥れ、帝国の再侵攻を容易にして占領を許した上で、ウォレンハイト公爵が自治領主のようなかたちで帝国から立場を安堵される密約を交わしていたとしたら？」

外務長官らしい視点と発想から語られたエレーナの推測を聞いて、セルゲイが表情をますます険しくする。

「可能性としてはあり得るな。直系王族である国王陛下がおられるからこそ、ハーゼンヴェリア王国はまとまりを見せている。もしも今、暗殺によって陛下のお命が失われれば……おぞましい策だが、理屈としては十分に実現できる」

「刺客のうち二人を生け捕りにできたのは幸いでした。尋問によって、間もなく答え合わせが叶うでしょう」

セルゲイに続いてジークハルトが言った直後、会議室の扉が開かれる。

「失礼します。国王陛下」

入室してきたのはヴィクトルだった。スレインの前で一度敬礼した彼は、また口を開く。

「捕らえた公爵領軍兵士たちの尋問が終わりました。王宮魔導士の心理魔法を用いれば、二人とも比較的素直に知っていることを吐きました。ひとまずの状況を摑める程度の情報は得られたかと思います」

「ご苦労さま。君も座って。詳しく聞こう」

促されたヴィクトルは着席して話し合いの輪に加わり、尋問で得た情報を語り始める。

まず、エレーナの推測は概ね当たっていた。

昨年のガレド大帝国による侵攻の首謀者、フロレンツ・マイヒェルベック・ガレド第三皇子。侵攻以前の数年にわたって、彼は大陸西部に対する帝国の代表者として、特に帝国と近しい位置にある国々とは一定の交流を続けてきた。各国の王族はもちろん主要貴族とも面識を作っており、ユリアス・ウォレンハイト公爵とも話したことがあった。

昨年の秋にハーゼンヴェリア王国への侵攻に失敗した後、フロレンツはユリアスに目をつけた。帝国の使役魔法使いが操る鳥に書簡を運ばせてユリアスに接触し、密約を持ちかけた。

その内容は、ウォレンハイト公爵家がスレイン・ハーゼンヴェリア国王を暗殺すれば、帝国によるハーゼンヴェリア王国占領後、属領としたこの地の行政権をユリアスに与えるというもの。

この密約に乗れば、他の王国貴族は占領後に尽く処刑される一方で、ユリアスは生存を許され、ウォレンハイト公爵家も守られる。あくまで代官のような立場ではあるが一定の地位も保証され、旧ハーゼンヴェリア王国全土を管理することになれば貴族としての生活レベルも維持できる。むしろ、自由に使える金は今よりも増える。

ユリアスはさほど悩むこともなく、フロレンツから提示されたこの密約を受け入れた。その背景には、彼個人の思想がある。

ユリアスとスレインが互いを苦手に思っており、二人の関係がぎくしゃくしていることは王家の側も察していたが、公爵領軍兵士たちによると、実際のユリアスの内心はもっと過激だった。

今までは社交の表舞台に立ってこなかったために知られていなかったが、ユリアスは「高貴な血統は必ず優れた人間を作り、卑しい血は必ず劣った人間を作る」という思想の持ち主だった。貴族は大小の差はあれ血統を重んじているが、ユリアスほど極端な考え方は珍しい。

そんなユリアスの考えでは、半分は平民の血を持つスレインが一国を治めるだけの能力を持つはずもなく、昨年の帝国に対する勝利も単なるまぐれ勝ちに決まっている。

劣った血を持つスレインがこのまま王位についていれば、ハーゼンヴェリア王国は長くもたず帝国に敗れる。そうなればウォレンハイト公爵家も滅亡を免れず、自分も死ぬ。

であれば、帝国より与えられた家の存続と自身の生存の機会を逃さず、密約に乗ってスレインを消すのが最善の選択。そんな思考の末に、ユリアスは今回の策を実行した。

公爵家に仕える領軍騎士や兵士、文官たちも、ユリアスの決定に素直に従った。

ウォレンハイト公爵家はその家格こそが存在意義であり、拠(よ)りどころである。だからこそ家格を強く重んじる公爵家の気風に、その臣下たちも数世代にわたって染まってきた。

彼らはあくまで公爵家に忠誠を誓う身。公爵家が確実に生き永らえてこの地の行政権を得るという話に乗り気になるか、思考を停止して主君の決定に倣うか。そのどちらかだった。

実行犯となった遣いと公爵領軍兵士たちは捨て駒というわけではなく、スレインを人質にして王領から公爵領へと逃走した上で、暗殺を完遂するつもりだったのだと言う。

「……おのれ、ふざけおって」

ヴィクトルの説明が終わると、ジークハルトが珍しく怒りを露わにして拳を強く握る。

セルゲイも言葉こそないものの殺気を纏っており、エレーナやモニカも冷徹な表情で怒りを表していた。ユリアスが王国貴族であるにもかかわらず王家を裏切ったからこそ、皆は昨年に帝国の侵攻を受けたとき以上に感情を動かしているようだった。

一方で、スレインは自分でも意外なほど怒りを感じなかった。どちらかというと、ユリアスを避けずにもっと真面目に話していれば、彼がそのような思想を持った人物だと事前に気づき、対処できたかもしれない……という後悔の念が大きかった。

「何はともあれ、ユリアス・ウォレンハイト公爵の意図はだいたい分かった。さて、次はどう対応しようか？」

皆よりも冷静だからこそ、スレインは話を進める。主君にそう言われて、臣下たちもひとまず怒りの表情を引っ込める。

「……ウォレンハイト公爵からすれば、暗殺の機会はこの一度きり。失敗した以上、彼にはもう後がないはずです。暗殺を成していないのに帝国への亡命などが受け入れられるとも思えません」

「となると国外に逃亡するか、あるいは一か八か戦いを挑んでくるか、ひとまずその二択が考えられますな」

「逃亡に関しては、公爵領の領都を監視しておけば防げるでしょう。公爵が身ひとつで逃げ出すとは考えにくいですから。逃亡の一行が領都をぞろぞろと出ていくのを見逃すはずはありません」

「ひとまず王国軍から騎士を何人か、公爵領都の監視に回しましょう。公爵家に勘付かれないよう、一般平民に扮した上で領都の様子を探らせます」

セルゲイ、ヴィクトル、エレーナ、ジークハルトがそれぞれ意見を出し、素早く対応案がまとまっていく。

「暗殺の失敗をウォレンハイト公爵が知るまでには、まだ少し時間がかかるだろう。今はその猶予を逃さず、念のために王城の守りを固めながら、公爵が挙兵あるいは逃亡をしないか監視の体制を整える……陛下、ひとまず以上のような対応でいかがでしょうか」

セルゲイに問われたスレインは、すぐに首肯する。

「分かった、それでいこう。それ以降の対応については、公爵の次の動きを見て考えようか」

それから間もなく、鷹のヴェロニカを偵察に出していたブランカによって、公爵が今はまだ挙兵などのさらなる行動を起こしてはいないことが確認された。

その日のうちに、一般人に扮した王国軍騎士が数人、公爵領へと発った。

＊＊＊

王領の北西、エルデシオ山脈のすぐ南に張り付くように存在するウォレンハイト公爵領。

その領都クルノフにある公爵家の屋敷で、ユリアス・ウォレンハイトはスレイン・ハーゼンヴェリア国王暗殺計画について報告を受けていた。

「――私は夕刻まで王都市街地で待機していましたが、実行部隊はスレイン国王を拉致して王城から出てくることはありませんでした。また、実行部隊が王城に入ってからおよそ二時間後には、近衛兵が王城に急行しているのが確認できました。おそらく非番の者を集結させ、王城の警備を強化したものと思われます。状況を鑑みて暗殺は失敗したものと判断し、私は急ぎご報告するために帰還いたしました」

一般平民に扮して王都ユーゼルハイムから帰ってきた公爵領軍兵士の言葉を聞き、ユリアスは深いため息を吐く。

「失敗か。そうなると実行部隊の者たちは……」

「……生け捕りにされた者もいるかもしれませんが、おそらくは殺されたものかと」

「やはりそうか。ふむ、まったく可哀想なことをしたな」

ユリアスは頭をかきながら、またため息を吐く。

公爵家に生まれた自分は高貴かつ優れた人間であるので、自分に仕える劣った人間たちを正しく導き、有意義に使ってやらなければならない。そう考えているからこそ、配下を無駄死にさせたことを悔やむ。

「スレイン国王を暗殺し損ねた以上、まだ帝国の力を借りることはできないな?」

ユリアスは自身の傍らに控える文官に確認する。

「はっ。フロレンツ皇子との密約では、帝国が行動を起こすのはスレイン国王の死亡後、ハーゼンヴェリア王国が混乱に陥ってからとなっております。国王を殺害するところまでは、こちらが独力で成すしかありません」

「……となると、なかなか厄介な状況だな」

ユリアスは椅子の背に体重を預け、天井を仰ぐ。

公爵家が謁見の間に持ち込む貢ぎ物は、厳重には確認されない。それを利用した今回の策は、唯一まともに成功が見込める暗殺計画だった。

それが失敗に終わった以上、そして現段階では帝国の助力を受けられない以上、後は力ずくでスレインの首を取りに行くしか選択肢がない。あるいは、他国に逃亡するか。

しかし、高貴な人間である自分が、平民の卑しい血が混じった若造を前に尻尾をまいて逃亡すれば、兄や先祖から受け継いだウォレンハイト公爵家の立場と名誉を守ることができない。逃亡後の生活や、自分の身もどうなるか分からない。

であれば、王家と戦ってみるしかない。

「ふむ……まあ仕方ない。戦うか」

ユリアスは気楽な声色で言った。

スレインは自分よりも明らかに劣った人間。そんな愚劣な国王が率いるとなれば、王国軍といえど強さは知れている。昨年に帝国を退けたのも、奇跡的な幸運がはたらいた結果だろう。

兵の数ではこちらが劣るかもしれないが、きっとどうにかなる。ユリアスは本気でそのように信じている。

「おい、ヘンリク。領内から兵を集められるだけ集めたら、どの程度の軍勢を作れる？」

ユリアスが問いかけたのは、ウォレンハイト公爵領軍の隊長を務める騎士だった。

この騎士は公爵家のためなら躊躇(ちゅうちょ)なく死ねるほどの忠誠心を持った男で、王国内で最も格の高い貴族家たる公爵家に仕えることを誇りとしている。平民上がりのスレインが国王として公爵家の上に立つことに、ユリアスほど極端ではないが彼も強い不快感を抱いている。

「公爵領の人口はおよそ二千人。そのうち男が半分弱。幼子や年寄り、身体が不自由で戦えない者を省くとして……限界までかき集めて四百人に届かない程度でしょうか。傭兵(ようへい)を雇えば、もう少し数を増やせるかと」

騎士が語ったのは、公爵領の社会を崩壊させかねないほど無茶な動員を実行した場合の最大兵力だった。

「そうか……ふむ。まあまあ集まるものだな。それだけの数がいれば、王家を相手にしても勝てそうか？」

無茶な動員をすること自体については葛藤せずに、ユリアスは騎士に尋ねる。

「はっ。高貴な血のもとにお生まれになった閣下が、平民の血交じりの王に負けることなどあり得ません。必ずや勝利を掴み、スレイン国王を討ち取ってご覧に入れます」

「ははは、頼もしいな。では早速、兵を集めにかかってくれ……ああ、そうだ。徴集兵の士気を高めるために、ひとつ布石を打っておこう」

＊＊＊

王城は厳戒態勢のまま、しかしさらなる暗殺未遂や襲撃などはなく、数日後。ウォレンハイト公爵領に潜入していた騎士たちから報告が入った。鷹のヴェロニカが騎士たちより書簡を受け取り、それを持ち帰ることで、人が伝達するより早く現状報告を受けることが叶った。

その報告によると、ユリアス・ウォレンハイト公爵は王家と真正面から戦う決意を固めてしまったらしく、領民の男を片っ端からかき集めている。

さらに、徴集兵たちの士気を高めるためか、領民に向けて「新たに国王となったスレイン・ハーゼンヴェリアは、領土的野心からウォレンハイト公爵領の併合を目論んでいる」という嘘まで広めているとのことだった。

公爵領を併合した暁には、スレインは領民たちの財産や、若い女を好き放題に奪い去るつもりでいる。スレインの横暴を防ぐには戦うしかない。そんな話を吹き込まれた公爵領民たちは、急な事態に混乱しながらも素直に徴集されているという。

「まったく、好き放題に言ってくれてるね」

再び開かれた重臣たちとの話し合いの場で、ブランカより報告を受けたスレインはため息交じりに言った。

報告を聞いた臣下たちの反応は様々だった。セルゲイは険しい表情で何やら考えている様子で、ジークハルトはまたユリアスへの怒りを顔に滲ませている。ヴィクトルとエレーナはジークハルトほど劇的ではないが、やはりユリアスへの不快感を表している。

モニカの方を見ると、彼女はいつもと変わらない微笑で顔を固めながら、机の下でそっとスレインの手を握ってくれた。彼女が今この場でスレインにできる最大限の励ましだった。

「……ウォレンハイト公爵が戦いを挑んでくるのなら仕方ない。ジークハルト」

「はっ！」

スレインが呼びかけると、ジークハルトはユリアスへの怒りを隠し、いかにも実直な軍人らしい顔になる。

「ウォレンハイト公爵と戦うとして、相手の見込み兵力はどうなるかな？」

「……通常であれば、公爵領の人口で動員可能なのはせいぜい二百人ほどです。しかし、ウォレンハイト公爵も後がないので無理をするでしょう。その倍ほどの数を揃えてくると考えた方がよろしいかと」

ジークハルトの考察を聞いたスレインは、顎に手を当てて考える。

「勝つこと自体は難しくないね……問題は、今回の相手が異国の軍勢じゃなくて、ハーゼンヴェリア王国の民だってことかな」

厳密には貴族領の民はそこを支配する貴族家のものだが、それら領民たちも含めてハーゼンヴェリア王国民。ユリアスによって今まさに動員されている公爵領民たちも、スレインにとっては庇護すべき臣民と言える。

同じ王国民同士が殺し合う。そのような事態は避けなければならない。そのような事態になれば臣民たちの間に消えない禍根が残り、王家にとっても汚点となり、何よりスレインが慈愛を注ぐべき臣民たちの命が多く失われてしまう。

「しかし陛下。今より五十年ほど前、私がまだ若かった頃には、王国貴族同士の紛争なども時おり発生しておりました。死者が出るほどの戦いもありました。支配者の利害が衝突し、争いが生まれれば、その争いに民が動員されるのは致し方ないこと。ウォレンハイト公爵との戦いで多少の犠牲が出たとしても、やむを得ないことかと存じます」

そう言ったのはセルゲイだった。王国宰相という立場にいるからこそ、臣民同士の殺し合いを避けたいというスレインの理想に、セルゲイは現実的な意見を返した。

「もちろん分かってるよ。死者をまったく出さずに事態を収めるのは不可能かもしれない……だけど、できるだけ犠牲を抑える努力はしたい。何か策を考えてみるよ」

理想を実現しようと足掻（あが）くのが国王の義務。庇護すべき民の全員を救うのが難しいのであれば、せめて一人でも多く救おうと奮闘しなければならない。先の帝国との戦いを教訓にして、スレインが自らに誓ったことだった。

「とりあえず、今はウォレンハイト公爵領をこのまま監視して、あっちの軍勢がいつ頃動き出すか様子を見よう。それと並行して、こっちも軍を動かす準備をしよう。最低でも公爵家の軍勢を上回る兵力を揃えることはできるかな?」

「問題ございません。直ちに行動を開始しましょう」

スレインの問いかけに、ジークハルトが即座に答える。

「陛下。ウォレンハイト公爵が領内でばら撒いた、陛下を中傷する噂についても対処が必要かと。噂が周辺の貴族領に波及すれば、良からぬ影響を及ぼすかもしれません。ここはエステルグレーン卿に情報工作をさせましょう」

セルゲイの進言を受けて、スレインはしばし考え、頷く。

「そうだね、それがいい。エレーナ。頼めるかな?」

「もちろんです。情報工作でウォレンハイト公爵家に遅れをとるようなことは、万が一にもあり得ません。ご心配なく」

エレーナは余裕のある笑みを浮かべて頷いた。外務長官は周辺諸国との外交だけでなく、国内外での情報収集や、逆に情報を操作することも務めとしている。

「ありがとう、頼んだよ。後は……ウォレンハイト公爵が挙兵するのに合わせて、ガレド大帝国がまた攻め込んでくる心配はないのかな?」

「……可能性としては低いでしょう。フロレンツ皇子は真正面からの侵攻に失敗し、今はこちらにロイシュナー街道の出口を塞がれてしまったからこそ、ウォレンハイト公爵を使って陛下を暗殺しようとしたのです。公爵が失敗し、陛下がご健在である今、再侵攻に踏み切る利点がフロレンツ皇子にはありません」

「東部国境からの定期報告を見ても、心配はないかと。帝国の要塞に兵が集結している予兆はありません。前回のように騎兵で急襲をかけてこられても、こちらも砦があるので押しとどめることが可能です。帝国もそれは分かっているはずなので、今から無理をして攻めてくることはないでしょう……それ以前に、フロレンツ皇子がウォレンハイト公爵の尻拭いをする義理もないかと」

スレインの問いかけに、セルゲイとジークハルトが答えた。

これからユリアスが挙兵して攻めてくるとしても、それはユリアス個人が生き永らえるための悪あがき。ユリアスがスレインに勝てる見込みが極めて薄い以上、フロレンツがユリアスに同調して準備不足のまま再侵攻をするとは考えられない。

側近二人の考察にスレインも納得して、ひとまず安堵する。

「よかった。それならウォレンハイト公爵との決戦に注力できるね……それじゃあ、今日はひとまず会議を終わろう」


当面の動きが決まり、一同は解散。スレインは会議室を後にして、モニカと共に執務室へ戻る。

部屋に入り、モニカが扉を閉めてから――スレインは深いため息を吐き、椅子にどかりと座り込んだ。

「どうぞ、スレイン様」

手早くハーブ茶を淹れたモニカが、優しい表情でカップをスレインに差し出す。

「ありがとう……まったく、国王になってからも楽にはいかないね」

スレインは苦笑しながらカップに口をつけた。

昨年、スレインは堂々の戴冠を経てこの国の王となったが、即位してめでたしめでたしと済ませられるのはお伽噺の世界だけ。本来はここからが、長く、忙しく、責任重大でときに辛い、国王としての人生の始まり。

そのことは理解していたが、それにしてもまさか年明け早々に、王家の親戚であるウォレンハイト公爵家と戦うことになるとは思ってもみなかった。

「……このようなことになり、スレイン様がどれほど御心を苦しめられているかを思うと、私も心が痛みます。スレイン様にこのような苦しみをもたらしたウォレンハイト公爵は許せません」

副官の役目に努めていた先ほどまでとは違い、感情を露わにするモニカに、スレインは微笑む。

「そうだね。ウォレンハイト公爵が王家を裏切ったこと自体もだけど……彼に動員されて、嘘を吹き込まれて、戦わされようとしている公爵領民たちが気の毒だ。それが一番辛いよ」

ユリアスが王家を裏切ったのは彼の勝手。ウォレンハイト公爵家に仕える臣下たちも、主君の行動に納得しているならそれでいい。

王は裏切られるリスクを抱えながら貴族を従え、貴族は失敗のリスクを承知の上でときに王を裏切る。世の王侯貴族はそうして歴史を築いてきた。

ユリアスが国王の暗殺を試みたことは、逆を言えばユリアスを服従させ続けられなかった自分の責任でもある。然るべき対処はするが、スレイン個人としては殺されかけたことをさほど恨んでもいない。

しかし、無関係の民が王家と公爵家の戦いに巻き込まれ、血を流すことは許容できない。歴史を見れば多くの戦争は支配者個人の都合で行われているが、自分が治める国でそれは許さない。

ユリアスが保身のためにハーゼンヴェリア王国そのものを帝国に明け渡そうとし、そのための戦いに公爵領民が徴集され、王である自分がその徴集兵たちを殺戮するなど論外だった。

手もとに視線を落としていたスレインは、思考を巡らせるのを止めて顔を上げる。心配そうな顔でこちらを見ているモニカと目が合うと、彼女に甘えたい欲求が急に湧いてくる。さすがに少し、心が疲れていた。

「……モニカ」

お茶のカップを置いたスレインは幼い声でそう言って、モニカに向けて手を広げる。モニカはスレインの望みをすぐに察して、スレインのもとに歩み寄り、スレインを包むように抱き締める。

「あぁ、スレイン様……私がこうすることで少しでも癒して差し上げられるなら、いつまでもこうしています」

モニカの体温と柔らかさ、甘い匂いを感じながら、スレインは安らぎに包まれる。彼女に抱き締められ、彼女の胸に頭を預けているだけで、緊張や疲労が解きほぐれていく。

「……」

嘆いているだけでは、弱音を吐いているだけでは何も解決しない。スレインは少し疲れのとれた内心で、自分自身に向けて言った。

どうにかして、できる限り犠牲が出ないかたちでの勝利を目指す。その決意を実現するための方法を、スレインは早くも考え始めていた。

＊＊＊

数日後。昨年に帝国の軍勢と戦う覚悟を決めたときと同じように、策はあるとき突然、天啓のように降りてきた。

スレインはその策の実現可能性を確かめるため、軍事面の助言役であるジークハルトを自身の執務室に呼んだ。

「……なるほど。そのような策を」

スレインの説明を聞いたジークハルトは、しばしの沈黙の後、自身の顎鬚（ひげ）を撫（な）でつけながら呟くように言う。

「どうかな？　実効性はあると思う？」

「個人的な意見としては、そのように思います。敵兵の心理を突いた、斬新で素晴らしき策であると考えます。ですが……」

「戦いに絶対はない？」

スレインの問いに、ジークハルトは笑みを交えて頷く。

「とはいえ、試す価値はあります。上手（うま）くいけば、敵味方ともに被害を最小限に抑えた上で戦いを終えられるでしょう。狙い通りの結果とならなければ、その際は真正面から戦わざるを得なくなります。その点はどうかご容赦を」

「分かってるよ。相手が王国民とはいえ、戦いは戦いだ。敵の犠牲をためらって、こちらの犠牲が増えるようなことはあってはならない。そのときは容赦なく敵を殲滅してほしい」

努めて冷静にそう言い、そこでスレインの表情に微苦笑が交じる。

「甘いと思う？　この期に及んで、敵となる公爵領の民にもできるだけ犠牲を出したくないという僕の望みは」

「いいえ、思いません」

それに、ジークハルトは即答する。

「先日の会議で陛下が語られた御言葉は、尤もであると考えます。相手が王国民である以上、できるだけ犠牲を抑える努力はするべき、まさしく仰る通りです……おそらく先代陛下が同じ状況を前にしても、民を思って同じように考えられたことでしょう。昨年の戦いを乗り越えられてから、陛下は日に日に御父上に似てきておられるように思います」

「……セルゲイからも、前に同じことを言われたよ。僕が父に似てきたと。他の臣下や使用人たちからも最近よく言われる」

スレインが呟くと、ジークハルトは慈愛を感じさせる表情になる。

「親子とは不思議なものです。たとえ日常的に接していたわけではなくとも、自然と似てきます。私も、厳格な軍人だった父とは会話をした記憶もあまりないはずなのに、今ではすっかり父親そっくりになったとノルデンフェルト閣下から指摘されたことがあります。陛下が我々にフレードリク殿の面影を強く感じさせることは、陛下がやはりフレードリク殿の御子であることの、何よりの証左でしょう」

「……そうだね。きっとそうだ」

顔を合わせたこともない父との繋がりを、自分自身から感じながら、スレインはそっと首飾りに触れる。かつて父も身につけていた首飾りに。

父を知らずに育ったからこそ、たとえどんな形でも父との繋がりを感じられることは、やはりこの上なく嬉しかった。

と同時に、一度でいいから父に会ってみたかったと、母も一緒に親子で過ごしてみたかったと、少しの寂しさを覚えた。

＊＊＊

一週間ほどをかけて、エレーナとその部下が行った情報工作は効果を発揮した。

ウォレンハイト公爵は国王スレインを暗殺しようとした謀反人である。王国内にガレド大帝国を招き入れ、自分だけが助かろうとしている大罪人である。

その事実を、エレーナたちは噂として市井に流した。王領内だけでなく、東西の各貴族領にも。

その衝撃的な噂は瞬く間に広まり、今もなお急速に拡散されている。

また、エレーナたちは王領とウォレンハイト公爵領を行き来する商人たちにピンポイントで接触し、この噂を語った。公爵領で噂を広めるよう頼み、多少の金も握らせた。この策のおかげで、公爵領内でユリアスの言葉だけが一方的に吹聴される事態は防がれた。

そして、噂が十分に広まった頃。王国西部の貴族閥において盟主を務めるトバイアス・アガロフ伯爵が少数の護衛を引き連れて王城に参上し、スレインへの謁見を求めてきた。

「国王陛下。突然の参上にもかかわらず、お目通りいただき恐縮に存じます」

「アガロフ伯爵。よく来てくれた……すまないね。こんな扱いをして」

謁見の間で玉座につくスレインは、トバイアスに向けて苦笑交じりに言った。

部屋の中には近衛兵が六人、スレインの警護のために控えている。さらにスレインの傍ら、スレインをいつでも庇える位置にはモニカとヴィクトルが立つ。助言役として控えるセルゲイも、トバイアスが妙な動きを見せないか注視する。

本来なら伯爵家当主という要人に対してこれほどあからさまな厳戒態勢はとられないが、つい十日ほど前に公爵家の遣いによる暗殺未遂事件が起こったばかり。トバイアスに罪はないが、致し方のない対応だった。

「いえ、先の事件を考えれば、陛下の御身を確実にお守りするために必要な措置かと考えます。こうしてお目通りいただくことが叶っただけでもありがたく存じます」

このような扱いを受けて居心地が良いはずもないトバイアスは、しかし不満を述べることも、表情に出すこともしない。いつも以上にスレインから距離をとり、片膝をついた姿勢で答える。

「理解してくれて助かるよ。顔を上げて。話を聞こう」

スレインの許可を受けて、トバイアスは無表情の顔を見せた。

「陛下。本日私が参上したのは、国王陛下とハーゼンヴェリア王家への変わることのない忠誠を自らの態度で示すためにございます。アガロフ伯爵家はこれからも王家に忠実なる王国貴族家であり、つきましては謀反人ウォレンハイト公爵を打倒するため、王家の軍と共に戦う所存です」

そう語るトバイアスの声には重みがあった。ひとつの貴族家とひとつの貴族領、そこにある歴史と社会の全てを背負う人間だからこそ放つことのできる気迫が、示すことのできる覚悟が、その声と表情、そして眼差しの中にあった。

彼が僅かな護衛のみを連れて参上したことを鑑みても、この態度を見ても、嘘を言っているようには到底思えない。スレインはセルゲイの方を見る。セルゲイはスレインに向けて頷く。

それを受けて、スレインはトバイアスに向き直り、また口を開く。

「君の忠誠に感謝する。王家とアガロフ伯爵家の関係は、昨年に大きく変わってしまった。それでもなお、君自身がこの場に来て忠誠を示してくれたことを嬉しく思う」

アガロフ伯爵家はトバイアスの妹カタリーナを先代国王フレードリクのもとへ嫁がせ、彼女は昨年の火事で死んだ。トバイアスは国王の義兄と次期国王の伯父という立場を失った。そのことで、王家と伯爵家の関係は多少ぎくしゃくしていた。

「……畏れながら陛下。我が妹が王家へと嫁いだ日より、私は王家の親戚として、王家と運命を共にする一員となったつもりです。それだけの覚悟を持って妹を送り出したつもりです。たとえ妹が死に、今は王家との直接の血縁が途絶えているとしても、我が覚悟は微塵も揺らぎません」

トバイアスは視線を逸らさず、スレインを真っすぐ見据えて語った。彼の言葉に、スレインは満足げな笑みを浮かべる。

「では、僕も国王として君の覚悟に応えなければならないね……トバイアス・アガロフ伯爵。君の参戦の申し出を受け入れる。そして頼みがある。アガロフ伯爵領軍を王家に貸してもらいたい」

スレインとしては、今回は自軍のみならず、同じ国の同胞である敵兵からもできるだけ犠牲を出したくない。そのために、ある策を考えた。

その策を実行するためには、ユリアス・ウォレンハイト公爵が動員するであろう兵力以上の軍勢が必要になる。おまけにその軍勢は、将や士官の指示に従って迅速に隊列を作り、行動できる、よく訓練された兵の集団でなければならない。

なので、今回は徴集兵を主力とせず、王国軍と近衛兵団、そしてこの戦いに参戦する各貴族領の領軍を主軸に軍を構成するつもりでいる。アガロフ伯爵領にも領軍を供出してほしい。領軍を引き連れて自ら戦うのではなく、領軍そのものの指揮権を王家に預けてほしい。

スレインはトバイアスに向けて、そのように説明した。

「君自身は本陣に加わって、僕とウォレンハイト公爵の決戦を見守ってほしい。君たち西部貴族は、昨年に僕が帝国に勝利する様を間近に見たわけではないからね。公爵との決戦をもって、僕の王としての力を君たちに示したい……頼めるかな？」

スレインは帝国との戦いで、東部の領主貴族たちには自身の才覚を見せつけ、自分が国を守る力を持った王であることを示した。

しかしトバイアスたち西部貴族は、そのことを伝聞でしか知らない。なかにはスレインの完全勝利の報が誇張されていると思っている者もいるはず。なのでスレインとしては、この機会に彼らにも自身の才覚を見せつけたい。自分が指揮をとる様を傍らで見届けさせたい。

また、フロレンツ皇子が他の王国貴族に対してもユリアスと同じような条件を持ちかけ、王家を打倒する密約を交わしている可能性もないではない。

参戦する貴族たちから領軍を借り、なおかつ当主たちを領軍と引き離して本陣に招き、近衛兵に囲ませておけば、彼らは領軍に対する人質となる。この条件に応じるかどうかで、貴族たちの忠誠を測ることもできる。

「御意。それでは我がアガロフ伯爵領軍の全軍、七十人を陛下にお預けします。私は本陣にて陛下の勝利を見届けさせていただきます」

スレインが口にしていない分の意図も察してくれたらしく、トバイアスは一切の迷いも見せることなく答えた。

＊＊＊

トバイアスを皮切りに、王国西部に領地を持つ貴族たちは次々にスレインのもとを訪れ、参戦を申し出てきた。

スレインは彼らからも領軍を（領軍を持たない一部の男爵家からは子弟や従士などの手勢を）借り受け、当主である彼らは決戦の見届け人として本陣に迎えた。スレインの求めに難色を示す者は一人もいなかった。

また、昨年の戦いへの参加や東部国境での軍役というかたちで既にスレインへ不動の忠誠を示している東部貴族たちは、国境の守りに兵を割いていて余裕がない事情も鑑みて、今回の戦いには動員しなかった。

結果として、王家の軍勢は王国軍と近衛兵団、そして王国西部の貴族領の軍人、さらにいくらかの傭兵を加えて、五百弱が揃った。

これは戦闘要員のみの数で、後方での雑務は王領民から募った徴募兵が、戦場への物資輸送はエリクセン商会やハウトスミット商会をはじめとした酒保商人たちが担うことになる。

王家の側が準備を整えるのと時を同じくして、ウォレンハイト公爵家の側も兵の徴集を終え、行動を開始。両軍は王領の北西、点在する森や丘に囲まれた平原にて対峙した。

空気が春に変わった、王国暦七十八年の三月上旬のことだった。

「地形の起伏はほとんどなし。周囲に伏兵などがいないことはブランカと斥候が確認済み。単純に兵の実力勝負となりますな」

護衛のモニカやヴィクトルと並び、スレインの参謀として傍らに控えるジークハルトが言った。

「そうだね。だけどまずは……話し合いだ」

敵軍は普段着も同然の格好で粗末な武器を持った徴集兵を中心に、およそ四百人。数だけはそれなりに揃えて対峙してきたユリアスの方を見ながら、スレインは呟く。

これはただ勝てばいいという戦いではない。西部貴族たちが本陣で決戦を見守っている中で、本来庇護すべき臣民であるウォレンハイト公爵領民たちを殺戮するわけにはいかない。

犠牲者をできる限り減らす策も考えてはいるが、話し合いで事を収められるのであれば、それに越したことはない。まず最初に対話を試みるのは、スレインが重臣たちと相談した上で決めたことだった。

「では、陛下のご意向をウォレンハイト公爵に伝えてまいりましょう」

「頼んだよ、ジークハルト。気をつけてね」

相手は国王の首を取って王家を打倒しようと目論む裏切り者。下手に使者を送っても、その使者が殺される可能性がある。

なので、伯爵であり、王国軍の将軍であるジークハルトが自らスレインの使者を務める。

ユリアスは極端に血統を重んじる思想を持つからこそ、由緒正しき血統を持つ伯爵のジークハルトには相応の敬意を払う。安易に殺そうとはしない。そのような判断に基づく人選だった。

しかしそのジークハルトも、敵陣の近くまでは進まない。王国軍の精鋭である騎士を数人、護衛として引き連れ、両軍の布陣するちょうど中間あたりまで平原を進んで立ち止まる。

そして、声を張る。

「我はフォーゲル伯爵ジークハルト！　スレイン・ハーゼンヴェリア国王陛下のお言葉を届けに来た！　誰ぞ前に出よ！」

呼びかけを受けて、公爵家の軍勢からも騎士が進み出てくる。

騎兵戦力がほとんどいないためか、その騎士は勇敢にも単騎で前進し、互いに奇襲できない程度の距離を空けてジークハルトと対峙。騎士としばらく言葉を交わした後、ジークハルトはスレインのもとへ戻ってくる。

「陛下。ウォレンハイト公爵も、話し合いの場を持つ意思があるそうです。両軍が対峙する平原の中ほどで、お互い弓やクロスボウを持たない護衛を十人連れて、というかたちではどうかと提案されました」

「……いいだろう。それで応じると伝えて」

「はっ」

スレインの返答をジークハルトが公爵領軍騎士へと伝え、それが敵陣のユリアスに届けられる。

それから間もなく、スレインとユリアスは戦場の中央で対面した。それぞれの護衛はやや離れた後方に下げられ、スレインとユリアスも互いに十分に距離をとっている。これならば、どちらかの護衛が相手を即座に殺しにかかることはできない。

「ユリアス・ウォレンハイト公爵。久しいね。直接会うのは僕の戴冠式以来か」

「ご無沙汰しております、スレイン・ハーゼンヴェリア国王陛下。ご壮健そうで何より……と、陛下の暗殺を試みた私が申し上げるのもおかしな話ですね。失礼いたしました」

煽(あお)るような口調でも小馬鹿にした様子でもなく、まるで社交の場で挨拶を交わすような穏やかな声で、ユリアスは答える。

「……まだ、僕を『国王陛下』と呼んでくれるんだね」

「私は自分が正々堂々とした質とは申しませんが、蛮人であるつもりもございません。私は王家の打倒を試みていますが、それが成されるまでは、あなたは確かにこの国の王です。であれば、私は目下の身としてあなたに接します。内心は別として」

ユリアスの返答に、スレインは思わず微苦笑する。

「そうか……それじゃあ話をしよう。まず、一応聞いておく。ユリアス・ウォレンハイト公爵、今からでも考えを変えて、戦わずに王家に降伏する意思はないかな？　今なら寛大な対応をすると約束する」

スレインがずばり尋ねると、ユリアスは悩むそぶりも見せずに口を開く。

「陛下。申し訳ありませんが、それは無理です……誤解しないでいただきたいのですが、私は別にあなたが憎くて殺そうとしているわけではありません。あなたの血の半分は平民。そんな人間に一国の王が務まるはずもない。あなたを王に戴いてガレド大帝国に対抗できるわけがない……あなたに従った先に確実な滅亡が待っている現状、あなたを打倒して帝国への恭順を示すしか、私に道はないのです」

「昨年、僕はその帝国の大軍勢と戦って完全勝利を収めた。その実績をもってしても、僕の国王としての才覚を認めてはくれないのかな？」

「……畏れながら、陛下は帝国にまぐれ勝ちして慢心しているのかもしれませんが、そんな奇跡が何度も続くはずがございません。おまけに、完全勝利というのは陛下のご威光を高めるため、過度に誇張されたお話であることと存じます。陛下の血統を考えれば、そのような大勝を成せるはずもない。他の領主貴族は騙せたとしても、残念ながら私は騙されません」

ユリアスが穏やかな口調で語る、極端な思想に基づいた考えを聞いて、スレインは思わずため息を吐く。

「何を成したかではなく、どのような血統に生まれたかで人間の優劣は決まる。その優劣は、後からは決して覆らない。平民の血が流れる僕は、王に値しない下等な人間。それが君の揺るぎない考えなんだね？」

「畏れながら、その通りにございます……いえ、ひとつ訂正を。私がそう見なしているのではなく、事実その通りなのです。人には生まれつきの支配者と被支配者がおり、その間には明確な優劣がございます。神は人をそのように作られました。被支配者の血を混じらせて生まれた陛下が、支配者として君臨することは神の意思に、世の摂理に反します」

「……分かった。僕の才覚を信じてもらえないのは仕方がない。それじゃあ、君がフロレンツ皇子を信じるのはどうしてかな？　帝国からすれば君は取るに足らない存在だ。そんな君の家や財産や命を、どうして確実に保証してもらえると考える？」

「確かに、そのような懸念もありますが……相手は広大なガレド大帝国を治める、偉大な皇帝家の人間です。あなたとは違い、平民の劣った血が混じっていない、真に高貴な人物です。どちらが信用に値するかと言われたら、それはフロレンツ皇子の方に決まっています」

「……そう」

埒（らち）が明かない。いっそ清々しいほど徹底されたユリアスの考えを聞き、スレインはこの場で彼を説得することを諦めた。

「陛下。私からも一応お尋ねします。戦うことなく、その御命を私に差し出してはくださいませんか。

陛下がそうしてくだされば、誰の血も流れずに済みます。兵士や民は支配者の財産です。支配者には財産である彼らの命を正しく使ってやる義務があります。彼らの無駄死にを防ぐためにも、どうかお考えを」

「悪いけど、君の希望には応えられないよ」

ユリアスにずばり尋ねられ、スレインも悩むそぶりも見せずに即答した。

「左様ですか。それでは」

「ああ。話し合いは決裂だね」

スレインとユリアスは互いに穏やかな口調のまま、互いに少し悲しげな顔を向け合い、そして互いに背を向ける。

二人はそれぞれ自身の護衛のもとに戻り、護衛たちが相手側を警戒する中で、しかしその場で斬り合いになるようなこともなく自陣に帰った。

万が一話し合いの最中に敵軍が動いた場合に備えて指揮権を預かっていたジークハルトが、本陣へと戻ったスレインのもとに歩み寄ってくる。

「ジークハルト。残念だけど、ウォレンハイト公爵は降伏してくれないらしい。兵たちの準備は大丈夫だね?」

「はっ。ご指示をいただければ、直ちに陛下のご考案通りに隊列を整えさせます」

ジークハルトは力強い声で答えた。

「分かった。それじゃあ今すぐに頼む」

スレインの指示をジークハルトが、そして士官たちが伝達し、王家の軍勢は一斉に動き出す。

王家の軍勢は五百弱。数としては公爵家の軍勢をやや上回る程度だが、その全員が戦いを職務とする人間。平民に武器を握らせただけの公爵家の軍勢とは、練度がまるで違う。

五百弱の兵は僅かな時間で整然と並び、決戦に向けた隊列を組む。

「……それでは、西部貴族の諸卿。僕とユリアス・ウォレンハイト公爵の決戦を、僕が民のためにどのように戦うかを見届けてほしい」

スレインは本陣の隅、主君へと兵を貸して自らは見届け人の役割に徹する十一人の西部貴族たちに顔を向ける。

「国王陛下。我ら一同、陛下のご手腕をしかと見届けさせていただきます」

クロスボウと剣で武装した近衛兵による護衛——もとい監視を受け、スレインへの忠誠と服従を示すために非武装のまま並ぶ西部貴族たち。その代表として、トバイアスが答えた。

「ありがとう。君たちの期待に、この国の王として応えてみせるよ……さあ、始めよう」


「……なんだ、あの隊列は？」

ユリアスは敵軍の隊列を見て呟いた。

ハーゼンヴェリア王家の軍勢のうち、国王スレインのいる本陣を守る兵が二十人ほど。そして、本陣の脇に控える騎兵がおよそ三十騎。

残る四百強は整然と隊列を組んでいるが、その形がおかしい。およそ百人が一列を成し、隊列の厚さは僅か四列しかない。幅が異様なまでに長い横隊だった。

「閣下、敵将スレイン国王は阿呆のようですな！　おそらくはこちらの兵を包み込むように陣形を動かし、包囲殲滅を図るつもりなのでしょうが、あの隊列ではいくらなんでも薄すぎます。我が軍が一気呵成に突撃を仕掛ければ必ずや打ち破れましょう！」

公爵領軍の隊長であり、軍事においてはユリアスの参謀である騎士ヘンリクが威勢よく言った。

「そうだな。軍事に明るくない私でも、あの隊列は悪手だと分かる。このような失態を犯すとは、やはり平民の劣った血混じりの王では駄目なようだな」

ユリアスは穏やかに、上品に、笑みを浮かべてヘンリクに答えた。

「では諸君、決戦といこう……愚劣な国王の支配を脱し、我らの家と家族、財産を守るのだ」

公爵家の軍勢は、大将であるユリアスの号令を受けて動き出す。ユリアスのいる本陣を守る、十人ほどの領軍部隊を除く全軍が前進を開始する。

わずか数騎しかいない騎兵は全員が本陣直衛に回され、突撃を仕掛ける四百人は全員が歩兵で統一されている。公爵領軍兵士と徴集兵、そして少数の傭兵が交ざり合って進む。

一列におよそ二十人。それが二十列。数を無駄にせず、一塊になって突き進み、敵の隊列を突破して敵本陣に迫るというのがこちら側の戦術。単純だが、兵の質の低さや多少の数の不利も問題にならない戦い方。

公爵家の軍勢の前進を受けて、ハーゼンヴェリア王家の軍勢も動きを見せる。異様に横に長い隊列のまま、前進を開始する。

「国王陛下。こちらも即座に行動を開始するべきかと」

ウォレンハイト公爵家の軍勢のうち、本陣直衛を除くおよそ四百が動き出したのを見て、ジークハルトが進言した。

「そうだね……全軍前進」

その命令をジークハルトが大声で復唱し、それを士官たちが伝達し、左右に伸びて布陣した王家の軍勢は前進を開始する。

四百強の全員が、日頃から軍務に励み、日常的に訓練を行っている正規軍人。隊列を維持して前進するようあらかじめ命令されていた彼らは、足並みをしっかりと揃える。

両軍は徐々に速度を上げながら平原を進み、その距離を詰めていき――両陣の間の平原を三分の一ほど進んだところで、王家の軍勢が動きを変えた。

「今だ！　全軍停止！」

「停止だ！　その場で停止しろ！」

隊列の中で指揮をとる、王国軍の大隊長二人が機を見て命令を下し、それを中隊長や、各領軍の隊長格が伝達する。

もともとの練度が高い上に、隊列の厚みがないため、四百強の兵は前後でぶつかり合うこともなく立ち止まる。ほとんど乱れていなかった隊列をあらためて整え、前進を開始する前のように整然と並ぶ。

一方で公爵家の軍勢は、激突に向けて鬨の声を上げながら、なおも駆け足で前進してくる。

「後退！」

またもや王国軍の大隊長たちが命令を下し、それが伝達され、王家の軍勢は今度は後ろへと下がり始める。各自の練度の高さを活かし、隊列を崩すことなく一歩ずつ着実に後退する。

王家の軍勢は後退し、公爵家の軍勢は前進する。両軍のこの行動によって――公爵家の軍勢に、疲労がもたらされる。

公爵家の軍勢は、敵軍たる王家の軍勢と平原の真ん中で激突するつもりで走っていた。しかし王家の軍勢が前進の途中で停止し、さらに後退を始めたことで、彼らは想定外の長距離を走ることを強いられた。

練度の低い徴集兵が大半なので、今さら揃って前進を停止することも、戦法を変えることもできない。敵中突破しか勝算がないと分かっているからこそ、突撃の先頭に立つ公爵領軍兵士たちは徴集兵に足を止めるなと叫ぶ。それを受けて徴集兵たちも必死に駆ける。

しかし、気合だけでどうにかなるものではない。普段から軍事訓練を受けているわけでもない徴集兵たちは、決して軽くはない武器を握って走り続け、体力を消耗していく。

これほど長く走ることになるのであれば、もっと前進してから走り出していただろう。走り始めから全速力を出しはしなかった。そんなことを思っても今さらもう遅い。

ようやく王家の軍勢の前までたどり着いたときには、徴集兵たちも、彼らを鼓舞し続けたことで余計に体力を消耗した公爵領軍兵士たちも、無駄な疾走に付き合わされた傭兵たちも、全員が息を切らしていた。

特に軍勢の大半を占める徴集兵たちの消耗は酷かった。疲れてのろのろと歩くだけの集団になり果て、もはや突撃による敵中突破どころではない。

そんな憐れな敵兵を前に、王家の軍勢は次の行動に出る。

「よし、魔法を放て！」

「敵を怯ませろ！」

王国軍大隊長の二人がまた命令を出し、兵士たちの隊列に交じっていた火魔法使いたち――王宮魔導士と西部貴族の抱える魔法使いの混成部隊が攻撃魔法を行使。

ただしそれは、敵を殺傷するためのものではない。見た目だけは派手な炎や火花を広範囲に散らし、敵を怯ませるためのものだった。

さらに、同じく王宮魔導士と西部貴族のお抱え魔法使いによる、風魔法の攻撃も放たれる。吹きつけるように生み出された突風が、最前列の敵兵を転ばせる。

「いいね、吠えて脅かすだけだよ！　誰も殺すんじゃないよ！　ほら、行きな！」

隊列中央の後ろに続いていたブランカが、ツノヒグマのアックスに指示を出してその横腹を叩くと、アックスは弾かれたように飛び出す。味方の兵士たちが左右にどいて空けた道を通り、敵の目の前に躍り出る。

「ゴガアアアアアッ！」

そして、後ろ足で立ち上がって全力の咆哮を上げる。

後ろで聞いていた味方の兵まで思わず怯むほどの、ツノヒグマによる咆哮。それを真正面から受けた敵兵は、その場に固まり、腰を抜かし、なかには気絶する者まで出る。

そうして隊列中央が敵の前進を完全に止めているうちに、隊列左右の部隊も動く。

「前進だ！　隊列を維持して前進！」

「敵を包囲するぞ！　そのまま前進！」

隊列の左右に位置する兵たちは、士官の命令を受けてそれぞれ隊列を折りたたむように前進していく。横に長大な隊列は、その長さを活かして、公爵家の軍勢を完全包囲する。

包囲が完成したところで——士官たちは口々に叫び出す。

「全員降伏しろ！」

「武器をその場に捨てて膝をつけ！」

「今すぐ降伏すれば罰はない！　国王陛下はお前たちを罰しない！」

「今ならお咎めなしだ！　ただし降伏しなければ殺す！　お前たちに勝ち目はないぞ！」

長距離を走らされて疲れ果て、突撃の勢いをくじかれ、戦意を失いかけていたところで、どの方向を見ても敵しか見えないほど包囲され、武器を向けられる。炎や突風が舞い、恐ろしげな咆哮が聞こえる中で、「降伏しろ」という言葉が四方八方から何度となくくり出される。

平民が武器を持たされただけの徴集兵では、この状況で反撃に出られる者はいない。

いくらユリアスが王家の脅威を説きながら徴集したとはいえ、徴集兵たちはもとから「国王を殺すために王家の軍勢と戦う」などということの戦争に内心で疑問を抱いていた。

また、エレーナたち外務官僚が流した噂によって、王家の言い分と「素直に降伏した公爵家の兵は何の罪にも問われない」という情報も聞かされていた。

事前の情報戦によって「降伏」という選択肢の利点を聞かされ、さらにこのような状況に直面させられた徴集兵たちに、もはや士気などというものは存在しなかった。

どうやら噂は本当だったらしい。これなら降伏した方がいい。やはり王家と戦うなど無茶だったのだ。王家に敵うわけがない。

そう考えた彼らは完全に戦意喪失し、武器を投げ捨てるとその場に膝をつき、大人しく両手を上げたり平伏したり命乞いの言葉を口にしたりと、無抵抗の意を示す。

少数の傭兵も、絶対に勝てない状況でなおも戦おうとする者はいない。命あっての物種と考え、素直に降伏勧告に応じる。

領軍兵士の中には公爵家への忠誠心から戦い続けようとする者もいたが、たかが十人弱が暴れたところで状況は何も変わらない。敵兵一人に対し、盾を装備した王国軍兵士たちが数人がかりで囲み、殴り倒して強制的に武装解除させる。

「さあ、諦めろ!」

「降伏するんだ!　そのまま一歩も動くなよ!」

こうして、公爵家の軍勢四百はまともに交戦することもなく、一兵も死ぬことなく、揃って無力化された。

「陛下。そろそろよろしいかと存じます」

敵兵の大半が降伏し、無力化されていく様を本陣から眺めていたスレインは、傍らに控えていたジークハルトの進言を受ける。

「……分かった。ジークハルト、後は頼んだよ」

「お任せください。必ずや敵将を陛下の御前に連れてまいりましょう」

ジークハルトは答え、騎乗したまま本陣の脇、三十騎ほどの騎兵部隊の方へと移動する。

この騎兵部隊は、敵軍主力の包囲に万が一失敗した際、本陣を守る予備戦力を兼ねていた。しかしこの段になれば、もはやその心配もない。今よりこの部隊は敵将ユリアス・ウォレンハイト公爵を捕縛し、戦いに決着をつけるための戦力となる。

ジークハルトは将軍である自らが騎兵たちを引き連れ、陣を発つ。

「者共！　敵の本陣はがら空きだ！　裏切り者を生け捕り、国王陛下の御前に引きずり出すぞ！」

「「「おおっ！」」」

ジークハルトを先頭に、三十余騎が平原を駆ける。騎馬の全速力による突撃は、先ほど平原でくり広げられた歩兵突撃とも比較にならないほど速く、大きな破壊力を秘めている。

ジークハルトたちの行動を受けて、ウォレンハイト公爵家の側も動く。大将であるユリアスを囲む護衛のうち、騎兵三騎と歩兵六人はユリアスを連れて逃走を開始し、騎兵一騎だけが真正面から迫り来る。おそらくは玉砕を前提とした足止めか。

その一騎は、決戦の前に敵側の使者としてジークハルトと言葉を交わした、公爵領軍の隊長ヘンリクだった。

「ジークハルト・フォーゲル将軍！　いざ尋常に勝負！」

「受けて立とう！」

ジークハルトは応え、部隊から突出して進む。

互いに馬上で槍を構えて接近したジークハルトとヘンリクは、すれ違いざまに相手目がけて槍をくり出す。

勝負は一瞬だった。

日頃の鍛え方の差か。鍛錬を積み重ねてきた年数の差か。武人としての才能の差か。単に神の采配か。あるいはそれらの全てが要因か。ジークハルトはヘンリクの槍を躱し、一方でヘンリクはジークハルトの槍を避け損ねた。

首元を斬り裂かれたヘンリクは、血を噴き出しながら体勢を崩し、落馬してそのまま動くことはなかった。

敵も良い腕だった。ジークハルトはヘンリクの槍が僅かに掠った鎧の表面の傷を見てそう思い、すぐに意識を切り替える。

速度を緩めることなく、騎兵部隊を引き連れ、敵将目指して駆け続ける。

ユリアスは護衛を引き連れて逃げているが、その進みは遅い。足を引っ張っているのはユリアス自身だった。日頃から騎乗の鍛錬を積んでいない人間が下手に全速力など出せば落馬するので、仕方のないことだった。

「横に広がれ！　敵将は生け捕り、それ以外は殺せ！」

「「はっ！」」

これなら逃がすことはない。ジークハルトは騎士たちに命じながら、自身はユリアスを捕らえるために狙いを定める。

と、一度こちらを振り返ったユリアスが、何故かそのまま足を止めた。護衛たちに何かを言うと、騎兵三人と歩兵六人は少し戸惑うようなそぶりを見せた後、武器をその場に捨てる。

「包囲しろ！　殺すな！」

意外な展開に少々驚きながら、ジークハルトは命令を変える。三十騎は隙なく動き、ユリアスと護衛たちを取り囲んだ。

ユリアスはこの期に及んでも穏やかな表情のまま、ジークハルトに向けて口を開く。

「降伏だ。私は大人しく捕まる。だから戦いはこれで終わりだ……さあ、私を国王陛下のもとへ連れていってくれ」

「……そうか。承知した」

ジークハルトは少々拍子抜けしながらも、自らの手でユリアスを捕縛した。

＊＊＊

「さて、諸卿。僕が考えた戦い方はどうだったかな？」

ジークハルトがユリアスを捕らえ、全ての決着がついたのを遠目に見届けて、スレインは西部貴族たちの方を向いた。

「……お見事です。民に無用の犠牲を出さない、と仰っておられましたが。まさかそのご信念をこれほど完璧に貫かれるとは。失礼ながら、私たちの想像以上のご手腕でした」

素直な驚きの感情を顔に浮かべながら、貴族たちを代表してトバイアスが答える。

「ありがとう。王として君たちの期待に応えることができたようで、何よりだよ」

スレインは努めて落ち着いた態度で、満足げに笑って見せた。

まず、エレーナたち外務官僚によって情報工作を展開し、ユリアスが徴集した兵たちに「降伏」という選択肢を意識させておく。

そして迎えた決戦では、こちらの主力部隊を前進途中で停止させ、さらに後退させることで敵を長く走らせ、疲労させる。そうして突撃の勢いを殺し、さらに威嚇や包囲をくり広げて戦意を完全に失わせる。

これは策としては単純だが、数百の兵士に隊列を維持させたまま、素早く停止や後退を行わせるのは容易ではない。徴集兵にできる部隊行動ではない。この策を確実に実行するために、動員兵力が少なくなるのを承知の上で、今回は正規軍人のみで軍勢を揃えた。

その選択は功を奏し、王家の軍勢は見事に動いて策を機能させてくれた。あらかじめ降伏を促す情報を流しておいたこともあり、敵兵のほとんどが素直に降伏してくれた。

そして、ジークハルトたちは単純に強く、騎乗の技術も高かった。ユリアスが思っていたよりもあっさりと逃走を諦めてくれたこともあって、難なく敵将の捕縛を果たしてくれた。

死者はジークハルトの仕留めた敵騎士が一人だけ。両軍合わせて千人近くが参加した戦争としては異例の結果だった。

とはいえ、さすがにここまでの結果を狙って作り出したわけではない。スレインとしては、両軍合わせて死者が三十人以内に収まれば上出来と考えていた。死者がわずか一人、それも自ら玉砕を選んだ敵騎士のみで済んだのは、とても幸運な結末だったと言える。

スレインはその幸運を今は喜ぶことなく、まるで最初からこうなることが分かっていたかのような顔を西部貴族たちに見せていた。スレインがこのような態度を示していれば、幸運によって得られた成果も、狙って手に入れた当たり前のものであるかのように見える。

「……それじゃあ、後はユリアス・ウォレンハイト公爵への裁きだ。皆、よければこのまま僕と王都ユーゼルハイムに帰ろう。時間はそれほどかからない。ウォレンハイト公爵がどのように裁かれるか見届けてほしい」

＊＊＊

降伏したウォレンハイト公爵家の軍勢のうち、謀反の首謀者であるユリアスと彼の臣下である公爵領軍はそのまま王都ユーゼルハイムへと連行されることになった。

また、公爵領都クルノフでは公爵家の文官たちも捕縛され、同じく連行されることに。それ以外の者――徴集された公爵領民や、単に金で雇われただけでそもそも王国民として扱われない傭兵は、無罪放免で解放された。

　無理な徴集で社会が混乱していた上に、領主と軍人と官僚が揃っていなくなってしまった公爵領には、治安維持のためにひとまず王国軍が二個中隊六十人、置かれることとなった。

　そして、西部貴族たちが国王スレインに貸していた領軍や手勢は返された。貴族たちは自分の護衛を残して後の兵は領地に帰らせ、自分たちは王都までスレインに随行した。

　丸一日かけて王都へと帰還し、その日の夜は貴族たちとささやかな戦勝の宴を行い、その翌日。スレインは城館の地下牢を訪れた。

「……おはよう。ユリアス・ウォレンハイト公爵」

「ふむ、もう朝でしたか。地下に置かれていると時間の感覚がどうにも狂いますね。おはようございます、国王陛下」

　スレインが牢の前に立って声をかけると、ユリアスは粗末なベッドから起き上がって答えた。自身が絶望的な立場に置かれていると分かっているはずなのに、相変わらず穏やかで落ち着いた態度だった。

「……」

「おい、拘束しろ」

　スレインが目配せをすると、ヴィクトルが牢を見張っていた二人の近衛兵に指示を出す。二人は牢の鍵を開けて中へ入ると、ユリアスの手足を縄で拘束した。ユリアスは抵抗するそぶりを一切見せなかった。

「ご苦労さま。君たちは外してくれ」

スレインの命令を受けて、二人の近衛兵は地下牢から出ていく。この場が自分と護衛のヴィクトル、副官のモニカ、そして目の前のユリアスだけになってから、スレインは口を開いた。

「ウォレンハイト公爵。君に聞きたいことがある」

「私は敗北した身です。何なりとお尋ねください」

謀反を起こされた側と、起こした側。そんな関係性が嘘のように、スレインとユリアスの対話は互いに穏やかな口調で始まった。

「まず、これは単なる好奇心からの質問だけど……あのとき、君はどうしてあっさりと逃走を諦めた？　君にはまだ護衛が付いていた。彼らに時間稼ぎを命じることもできたはずだ」

ユリアスが潔く降伏し、捕らえられたのは、スレインにとっては意外だった。彼はもっと、みっともなく悪あがきするものだと思っていた。死罪は免れないと分かっているだろうに、捕らえられた彼が未だに落ち着き払っているのも奇妙に思えた。

「それは、私が騎乗が下手で、逃走の足が遅かったからです」

ユリアスの答えを聞いて、スレインは片眉を上げた。

「どういう意味？」

「もし私の騎乗の技術が高く、フォーゲル伯爵たちのように馬を全力疾走させることができたならば、私もあれほどあっさりとは諦めなかったでしょう。おそらく護衛たちに時間稼ぎの玉砕を命じて、逃げ切ろうと試みました。ですが、恥ずかしながら私は騎乗が下手でした。逃走しながら途中で後ろを振り返って、ああ、これは絶対に逃げきれないと思いました」

ユリアスはそう言いながら、まるで小さな失敗談を笑い話として語るかのように、照れ笑いを見せた。

「逃げきれないものは仕方がありません。たかが十人足らずの護衛に玉砕を命じたとしても、私が捕まる運命であることは変わらなかったでしょう。であれば、私の護衛たちを無駄に死なせる意味はない。私は貴き身分の人間らしく、潔く捕まることにいたしました」

「……つまり君は、自分を守っていた公爵領軍を守るために、自ら降伏したと？」

スレインが訝（いぶか）しげに尋ねると、ユリアスは微苦笑する。

「国王陛下はおそらく、私が臣下や民を虫けらのごとく扱い、彼らを死なせても何とも思わない外道だと思っておられるのでしょう。しかし畏れながら、それは否定させていただきたい。私はこう考えています。私のような生まれながらの支配者は、卑しき身分にある劣った人間たちを使役する権利を持ち、同時に彼らを正しく使う義務を抱えているのだと」

ユリアスはどこか誇らしげな表情で、自分の中にある思想を語る。

「最も重要なのは私の血です。この身や公爵家を守ることに繋がるのであれば、私も臣下や民の犠牲は惜しみませんでした。ですが、どう足掻いても危機を切り抜けられない状況で、臣下たる領軍に無駄な犠牲を強いるのは、高貴な人間としての誇りが許しませんでした。なので降伏したのです……こうなるのであれば、騎士ヘンリクにも玉砕を許すべきではありませんでした。彼は派手に散って満足だったかもしれませんが、あれでは完全な無駄死にです」

ユリアスは単騎で玉砕した彼の騎士の命を、心から惜しんでいるように見えた。単に配下の損失を惜しむだけでなく、そこには多少の同情心も込められているようだった。

驚きに固まっていたスレインは、やがて表情を崩し、彼に微苦笑を返す。

「そうか。君の考えはだいたい理解できた」

スレインは、ユリアスが自分の命惜しさにフロレンツと密約を結んだのだと思っていた。しかし、どうやらそれは誤解のようだった。

ユリアスが最重要視していたのは、あくまでもウォレンハイト公爵家と、その最後の直系である自身の血統。彼は公爵家を継いだ身として、これらを守ろうとしていた。帝国と結んで王家へと反旗を翻すことがその唯一の道だと考え、行動を起こした。

だからこそ、家と血統を守れる見込みがあるうちは、彼は臣下や民の犠牲を厭わず王家と戦おうとしていた。しかし、どう足掻いても家と血統を守れないと悟ると、目的を切り替えた。彼個人が最後に守れるもの――公爵家当主としての誇りのために、潔く降伏した。

ユリアスは極端な思想に染まりきってはいるが、彼は彼なりに、その思想に基づいた高貴な人間としての矜持を持っているらしい。一片たりとも共感はできないが、ひとまず理屈は通っている。

「もう一つ聞かせてほしい……これは国王と公爵ではなく、親戚としての立場で」

スレインは表情を切り替え、切り出す。

「ユリアス殿。僕の父は、あなたの義理の兄だった。僕は王家を継ぎ、あなたは公爵家を継いだ。今は直接の血縁が薄まっていたとしても、僕たちは親戚同士だ。出自や育ちの違いもあって、お互い苦手意識を持ってはいたけれど、親戚であることに違いはない」

「……そうだな、スレイン殿」

私人として語りかけたスレインに、ユリアスも私人として答えた。

「もし僕が最初からあなたを避けることなく、あなたと対話を重ねて歩み寄ろうとしていたら、結果は変わっていたのかな？　僕はあなたの信頼を得て、あなたは王家と共に歩む決意をして、僕たちが戦うこともなかった。そんな結果を作り出せたのかな？」

ユリアスは少し考えるそぶりを見せた後、ため息交じりに首を横に振った。

「残念ながらそれは無理だっただろう。誰から何と言われようと、私は自分の信念を変えることはなかった。今だって変えていない。君は私に勝って平穏を取り戻したつもりでいるのだろうが、私に言わせれば、君が勝ってしまったことはハーゼンヴェリア王国にとって最大の悲劇だよ。平民の血を継ぐ君が、王として国を守り続けられるはずがない。この国は滅びの道へと今まさに進んでいる。王である君も、君に付き従う愚かな選択をした他の貴族たちも、誰もまだ実感していないようだがね」

その答えを聞いて、スレインも小さくため息を吐いた。ユリアスの答えは予想通りだったが、できればこの予想は外れていてほしかった。

正しい選択肢すらなかったのだと落胆するよりも、選択を間違えなければ違う結果を得られたと後悔する方がよかった。

「義理とは言え、平民の血交じりの君と親戚同士だと思うだけでぞっとするが……どうせ後は死ぬだけの身だ。一度だけ君の親戚として助言をしてやろう。スレイン殿、これで終わりとは思わない方がいいぞ」

首を傾げたスレインに、ユリアスは微笑を見せる。

「いいか。世の中というのは、特に政治の絡む世というのは、相容れない人間ばかりの混沌とした世界だ。私は自分の思想を共有してくれる人間がいないかと、偶に社交の場に出たときには密かに会話相手の考えを探っていたんだが、まあ見事なまでに考えの合う者はいなかった。他家の貴族たちだけではない。先代公爵である私の兄でさえ、私と完全に考えを同じくしてはいなかった。彼も公爵という無二の身分に誇りを持っていたようだが、私に言わせればまだ甘かったよ」

ユリアスは笑いながら、ため息交じりにやれやれと首を振る。

「私と周囲だけではない。私が観察していた貴族たちそれぞれが、異なる考えを、異なる価値観を持っていた。ときには意見を戦わせている様も見た。同じ王国貴族でもこうなのだ。これが異国の人間となったら、一体どうなることやら」

ユリアスはそこで顔を上げ、スレインを見据える。

「私は爵位を継ぐ前から、君よりは長く社交や政治の世界を垣間見てきて、それなりに苦労した。君は王として外交も行う立場にいるんだ。これから私以上に苦労するだろう。これから先も、私のように君と相容れない考えの人間はいくらでも現れる。説得して自分と同じ考えに変えさせることなどまず無理だ。だから覚悟しておくといい……とはいえ、平民の劣った血交じりの君が覚悟したところで、早々にへまをして国を亡ぼすと思うがな」

不敵に笑って見せたユリアスに、スレインは苦笑で応える。

「分かった。ありがたく助言を受け取っておこう。だけど残念ながら、あなたの予想とは違って僕は国を守り続ける。生涯にわたってね」

「ふむ、それはどうかな。君がやっぱり無理だったと泣き言を喚きながら、戦争か何かで死んでいく様を、神の御許から見物させてもらうとしよう……それで、国王陛下。私の処刑はいつになるのでしょうか？」

ユリアスは口調を戻し、まるで他人事のような声色で尋ねる。

「君との話は終わったから、今日にも王都に布告を出して、数日後には王都の中央広場で公開処刑をすることになる……何か言い残すことは？」

スレインはユリアスの処刑日までに、公爵領を王領へと接収する準備を進めたり、兵力を貸し出してくれた西部貴族たちへの褒賞を決めたりと、煩雑な仕事を済ませなければならない。今を逃せばユリアスとゆっくり話す時間はない。なので、今こうして尋ねた。

「ふむ、そうですね……では、私に付き従った領軍の騎士と兵士、そして公爵家の文官たちの処遇について、ひとつお願いをしたく存じます」

「いいよ、とりあえず聞こう」

叶えられる保証はないが。そう思いながらスレインは答えた。

「ありがとうございます。それでは国王陛下、お願い申し上げます。此度の謀反は私が決定し、臣下たちに実行を命じたこと。臣下たちは私の決定をどう考えていたにせよ、逆らう選択肢を持ちませんでした。なので、臣下たちにはどうか寛大な措置を与えていただきたく存じます。無罪放免とはいかずとも、死罪だけでも何卒ご容赦を」

「……一人で死んで、罪を背負いたいのかい？」

「はい。何を成すか、全てを自分の意思で決めるのが貴人の権利。その責任を自分でとることもまた、貴人の誉れにございます」

スレインはユリアスの言葉を聞いて少し驚き、そして小さく笑った。

貴族は責任を負うからこそ権利を持ち、その事実をもって貴き身分たり得る。彼は自分の貴き血統を絶対視するその思想のもとにそのような矜持を持ち、それを最後まで貫こうとしている。

ユリアスが臣下の助命を求めるのは、臣下に慈愛を抱いているからではないのだろう。それでも、彼は領主貴族として責を負い、臣下を守ろうとしている。過程となる考え方は歪を極めているが、結果となる言動は変わらない。

「……今ここで確かなことは言えないが、善処しよう」

「感謝の念に堪えません、陛下」

ユリアスはスレインに向けて深々と頭を下げた。まるで模範的な王国貴族のような態度だった。

＊＊＊

王国暦七十八年、三月の中旬。王都ユーゼルハイムの中央広場にて、王家への謀反を起こしたユリアス・ウォレンハイト公爵とその臣下たちへの沙汰が下される日が来た。

ユリアスたちを王城から中央広場へと連行する準備が整い、出発の直前。後ろ手に縄で縛られて馬に乗せられようとしていたユリアスに、スレインは声をかける。

「ウォレンハイト公爵。少しだけ、君の臣下たちと話す時間を与えよう」

「……よろしいのですか？」

「ああ。これが最後だからね。君の考える誇り高き貴族の在り方を、臣下たちの前でも貫いて見せるといい」

目を丸くして驚いていたユリアスは、スレインの言葉を受けて微笑を浮かべた。

「国王陛下のご恩情に心より感謝いたします」

ユリアスは近衛兵に縄を引かれ、これから自身と共に連行される領軍騎士と兵士、文官たちに引き合わされる。

「……ウォレンハイト公爵閣下」

ユリアスと同じように縛られた彼らは、主君に向かって揃って頭を下げた。

「ふむ、お前たち、この数日で少しやつれたようだな……各々、自分の沙汰は聞いたな？」

「はっ。閣下が我々の助命を国王……陛下に願い出てくださったと聞いております。我々のような卑しき者のためにお慈悲をいただいたこと、感謝の念に堪えません。閣下のご恩にもはや報いることが叶わないと思うと、無念です」

「ははは。そう思うのなら、私の最後の命令を聞け……いいか、お前たち。間違っても私の仇(かたき)を討とうなどとは考えるな。お前たちも、お前たちの家族も、間違っても国王陛下を害そうとはしてくれるなよ」

ユリアスは臣下たちを見回し、穏やかに語りかける。

「私は私の考えこそが正しいと今も信じている。だが、私は陛下に敗北した。だから責任をとって死ぬ。ウォレンハイト公爵家もここで終わる。ならば潔く散り、歴史の中の一行に収まるのが最も美しい貴人の在り方だ。お前たちは、歴史の一行となる私とウォレンハイト公爵家の名を決して汚してくれるな。頼んだぞ」

「……………はっ。閣下とウォレンハイト公爵家が、歴史の中で安らかに眠り続けられるよう努めることを、我々の命を懸けてお約束いたします」

「それでいい。ではお前たち、達者でな」

ユリアスは話が終わったことをスレインに視線で伝えると、縄で縛られて連行されているとは思えない優雅な所作で移動し、馬の背に乗せられた。

そして、一行は隊列を整えて王城の門を出る。

罪人へ刑罰を与えるのは、国王の権力を臣民に示す最重要の公務のひとつ。特に今回は公爵家の現当主という重要人物の公開処刑で、注目度も高い。なのでスレインは、普段は保管されている王冠を被り、愛馬フリージアに騎乗して王城から広場までの大通りを進む。

スレインとそれを囲む臣下や近衛兵の一団。その後方には、拘束されて馬に乗せられ、沿道に集まった臣民たちに晒(さら)されながら進むユリアスの姿がある。

ユリアスもまた、近衛兵や王国軍兵士によって厳重に警護されている。彼が確実に広場へと運ばれ、王の名のもとに公衆の面前で処刑されるその過程にも意味があるからこそ。もし彼が民衆に害されるようなことがあれば、王家の面目が立たない。

ユリアスとそれを囲む護衛のさらに後方には、手を縛られて数珠つなぎにされた公爵領軍の騎士と兵士、公爵家の文官たちが徒歩で続く。

王領におけるスレインの臣民からの支持は厚い。沿道に立つ民衆には、敬愛する国王を殺めようとしたユリアスに厳しい視線を向ける者も多い。罵声を浴びせる者もいる。ものを投げつけようとする者もなかにはいるが、沿道を見張る王国軍兵士がそれを制止する。

民衆の注目を集めながら大通りを進んだ一行は、間もなく中央広場にたどり着く。

広場には木製の大きな壇が設営されていた。スレインの演説台であり、ユリアスの処刑台であるその壇上に、罪人たちが上げられる。

ユリアスが壇の前面に。その他の者は後方に。それぞれ置かれて膝をつく。

壇の周囲を王国軍が、壇上を近衛兵が警備する中で、まず壇に上がったのは王家に仕える法衣貴族の一人、典礼長官のヨアキム・ブロムダール子爵。もともと宗教儀式の運営実務を担当していた典礼長官職は、今ではこのように、国王の関わる様々な行事において準備や進行を担う仕事となっている。

「王国暦七十八年、三月十四日。これより謀反人ユリアス・ウォレンハイト公爵と、その一味の裁きを執り行う。ここはスレイン・ハーゼンヴェリア国王陛下の名のもとに、王国の秩序を守るため、正義の裁きが下される場である。ここに集った者は、全員が裁きを見届ける証人である」
二、三か月に一度ほど行われる定例の裁きと同じように、ヨアキムは典礼長官として定型的な文言を述べる。こうした行事の進行役として人前で話すことに慣れた彼の声は、拡声の魔道具に乗って広く届く。
裁きの場は臣民にとって貴重な娯楽の場でもある。

普段は盗みや暴行、傷害などの裁きで棒打ち系や鞭打ち刑、せいぜい指や手足の切り落としが行われる程度で、死刑は王都でも年に数件しか下されない。今日は確実に公開処刑が行われるということもあり、広場は普段の裁きの日以上に民衆でごった返している。

さらに、ユリアスの最期を見届けるために西部貴族や、一部の東部貴族まで参上して壇の近くに並んでいる。壇上へと注目する視線は、普段の二倍近い。

「国王陛下の御成である。礼を！」

ヨアキムが高らかに宣言し、民衆も、貴族たちも一斉に膝をついて礼をする。ざわめいていた場が静まり返る。その静寂の中で、スレインは壇上に上がった。

「……面を上げよ」

厳かにスレインが命じると、一同は顔を上げ、立ち上がる。

集った者たちを見渡して、スレインは口を開く。

「これより謀反人への裁きを下す。私は唯一絶対の神より、国王としてこの地を守る権能と責務を与えられている。我が裁きは神の裁きである」

サレスタキア大陸西部において宗教の力は弱いが、こうした場では格式を保つために、今でも宗教的な意味を帯びた定型的な文言が使われている。この国におけるエインシオン教の責任者であるアルトゥール司教も、貴族たちと一緒に並び、裁きに立ち会っている。

「ユリアス・ウォレンハイト公爵。この者は王家の親類たるウォレンハイト公爵家の当主という立場にありながら、国王たる私の暗殺を試み、さらには領民を動員してまで王家の打倒を試みた。その目的は、王家を倒して敵国たるガレド大帝国の軍勢を王国内に招き入れ、その見返りとして帝国より公爵家の安堵を得ることであった。これは言語道断の行いである」

スレインがそこで言葉を切ると、民衆からユリアスに向けて罵倒が飛んだ。

王領の民の中でも、昨年にガレド大帝国の侵攻軍と戦った者たちにとっては、帝国と手を結んだユリアスは許しがたい裏切り者だった。

その罵倒も、兵士たちによる制止がなされて間もなくやみ、スレインはまた口を開く。

「しかし、この者は敗北を悟ると、徒に臣下を死なせることのないよう素直に降伏した。さらには私に対して、自身が責任をとり、命をもって罪を償うことを申し出た。それと引き換えに臣下の助命を求めた。これは刑を決めるにあたって考慮すべき点である」

スレインは視線をユリアスの方に向ける。ユリアスは罪人の粗末な服ではなく、貴族としての正装を身につけている。

貴族は自分が正しいと思うなら、勝てると思うなら、主君に挑戦することができる。

ユリアスは極端な思想を持ち、それを信じ、その信条のもとに行動した。自身が正しいと信じ、一人の貴族として王に挑みかかり、そして敗北した。敗北を認め、自身にでき得る限りのかたちで責任をとると申し出た。

「よって、この者を貴族として扱い、ここに裁く。ユリアス・ウォレンハイト公爵を死刑に処す。方法はこの場での斬首とする」

剣での斬首はもともと戦場で敵指揮官を処刑する際の殺し方であり、すなわち身分の高い者に対する処刑方法とされている。ユリアスは「公爵」と呼ばれながら、正装をした上で斬首される。貴族としての尊厳を保って死ぬことを許される。

「また、貴族として謀反の責任をとろうとしたこの者の態度に免じ、ウォレンハイト公爵家に仕えた騎士と兵士、文官たちを減刑する。全員を国外追放に処し、この者らの家族の罪は問わない」

国外追放は、死刑に次いで重い罪とされている。

一切の財産を持つことも許されない状態で、見知った者もいない、属すべき共同体もない異国へと捨てられる。そのような条件下ではただ生きるだけでも容易ではない。犯罪に手を染める者も、奴隷制のある国で奴隷に落ちる者も、野垂れ死にする者も出るだろう。

家族に会うことは二度と叶わず、もし国内に戻ってきたことが発覚したら即座に殺される。

それでも、生き残る可能性はある。努力次第では、自分の過去も罪も知る者のいない遠い地で人生をやり直すことができる。

彼らの家族は「裏切り者たちの身内」として周囲から白い目で見られ、おそらく迫害も受けるだろうが、それでも連座で刑罰を受けることは免れた。

彼らはたとえ王家に反抗する意思がなかったとしてもユリアスに従うしかなかったが、王家に反抗した以上は罪に問わないわけにはいかない。ユリアスの言動も考慮すると、これが落としどころだった。

「以上をもって、謀反人たちへの沙汰とする。ジークハルト・フォーゲル伯爵。ユリアス・ウォレンハイト公爵への刑を執行せよ」

「御意！」

スレインの命令を受けて、ジークハルトが敬礼しながら力強く応え、壇上に上がる。伯爵家当主であり、王国軍の将軍である彼が刑を執行するのは、ユリアスの身分が考慮されたため。

ユリアスは死への恐怖を僅かも表情に出すことなく、静かに首を垂れる。ジークハルトは剣を抜き、ユリアスの首へと狙いを定める。

スレインは決して目を逸らすまいと、ユリアスを見つめていた。首飾りに手を触れながら、ユリアスの死の瞬間と向き合っていた。

王家の親類である彼と、自分は分かり合えなかった。相容れなかった。そして、自分は彼に死を命じた。王として、自分が彼を殺す。

「――っ！」

ジークハルトは鋭く剣を振り下ろした。刃はユリアスの首へと振り抜かれ、一瞬の間を置いてユリアスの首が壇上に転がった。

ユリアス・ウォレンハイト公爵はここに死んだ。建国当初より王家の親類として存在し続けたウォレンハイト公爵家、その直系の血統はここに絶えた。

＊＊＊

「……」

全てを終わらせて王城へと帰ったスレインは、居間のソファに腰を下ろし、深い深いため息を吐いた。

明らかに疲れているスレインの前にモニカがそっとハーブ茶のカップを置き、自身はスレインの隣に座る。モニカは今では、こうしてスレインの私的な時間と空間にも寄り添うのが当たり前となっている。

「……スレイン様」

モニカはスレインに肩を寄せ、スレインの手を握った。スレインは彼女に向けて笑みを作るが、その笑みはどうしても少し弱々しいものになる。

「ユリアス殿からもらった『助言』が忘れられないよ」

世の中には、特に政治の世界では、どうやっても絶対に相容れない人間がいる。そして、自分はこれから生涯をそのような世界で生きる。一国の王である以上は、価値観や信念を異にする相手との関わりを避けられない場面などいくらでもあるだろう。

落としどころを探って共存の道を見つけられればいいが、毎回そうなるとは限らない。戦いを避けられないことも、おそらくはある。

　ユリアスには勝利した。民に犠牲を出さない完全勝利を成すことで、王国西部の領主貴族たちに王としての自身の才覚を示すことも叶った。今回の困難を乗り越えて、ひとまず国内に憂うべきことはなくなったと言えるだろう。

　しかし、大陸西部には他に二十一もの国がある。エルデシオ山脈を挟んで東にはガレド大帝国がある。他にも、周辺地域の島や、大陸北部など近しい地域に数多の国が並んでいる。それら全てがひとつになったわけではないし、それら全てが完全にまとまる日はおそらく来ない。

　自分はこれからもずっと、このままならない世界を進むのだ。どれほど努力を重ねても、どれほどの実績や才覚をもってしてもままならないことが起こるという前提のもとで、このような世界を生きるのだ。

　それが為政者の人生だ。それが王として生きるということだ。

「もちろん、今さらこの人生が嫌だとは思わない。務めを投げ出す気もない。それでも……やるせなさは感じるね。疲れそうな道のりだ」

　そう言って微苦笑するスレインを――モニカが優しく抱き締めた。

「スレイン様。私は無力です。スレイン様がこれから生涯抱える苦悩を、全て取り払って差し上げる力は私にはありません……ですが、せめて」

　モニカはスレインの顔に自身の顔をすり寄せ、スレインの耳元に口を寄せる。

「せめて私だけは、スレイン様のお考えの全てを肯定します。スレイン様の価値観や信条の全てを共有します。何があっても、誰が何を言っても、私だけはずっとスレイン様の味方です」

「……」

それは今のスレインにとって、何にも代えがたい安心感をくれる言葉だった。

相容れない人間だらけの世界で、ままならないことだらけの世界で、全てを受け入れ、認め、絶対の味方として傍に寄り添ってくれる者がいる。その安心感は、これから何があっても心を支えてくれる柱となるだろう。

「……モニカ」

スレインは彼女の名前を呼んで、そしてソファから立った。彼女の前に片膝をつき、彼女を見つめた。

「モニカ・アドラスヘルム。僕と結婚してほしい。君がくれる献身に、生涯をかけて応えると約束する。だからどうか、僕の人生の伴侶になってほしい……僕は君と一緒に生きたい」

スレインはそう、想いを伝えた。

モニカとの結婚はもはやほとんど決まったことだったが、それでもこうして、はっきり言葉にして想いを伝えるべきだと思った。ただ王の子を産むだけの役割を果たすのではなく、生涯の献身を約束してくれた彼女に、誠意を示して応えたかった。

スレインの言葉を受け止め、じっくりと心で噛みしめるように、モニカは自身の胸元で手をぎゅっと握った。涙を一筋零し、これ以上ないほどの笑顔を浮かべた。

スレインも思わず表情が綻ぶ。けじめとしての求婚とはいえ、やはりこの瞬間には格別の感慨を覚える。

「……はい。スレイン・ハーゼンヴェリア様。私のこれからの人生全てを、あなたと一緒に歩ませてください」

モニカはスレインの前に座り込み、スレインに抱きついた。スレインもモニカを抱き返した。彼女と強く抱き締め合いながら、この幸福と安堵を永遠のものにしたいと、して見せると、スレインは思った。

三章　平穏な治世

季節がすっかり春へと移り変わった四月のある日。スレインはアドラスヘルム男爵家の屋敷を訪れた。

伝統ある貴族家とはいえ、領地を持たない法衣貴族の男爵家では、屋敷といっても小ぢんまりとしたもの。アドラスヘルム男爵家の屋敷もその例に漏れず、下手な豪商の家よりも小さい。

王家の紋章を記された馬車が、小さな屋敷の小さな門を潜(くぐ)り、さして広くもない前庭に停められる。

馬車を一人降り立ったスレインを、当主であるワルター・アドラスヘルム男爵とその妻、彼らの継嗣である長男、そしてモニカが出迎える。

「国王陛下。本日はようこそ我が屋敷へお越しくださいました。大したおもてなしをすることも叶(かな)いませんが」

「出迎えありがとう。今日は国王としてではなく、私人として訪問したんだ。どうか気を遣わずにいてもらいたい」

スレインはワルターと言葉を交わしながら、モニカと一瞬目が合った。

その後は屋敷の応接室へと案内され、ワルターと二人、テーブルを挟んで向かい合う。

「……ワルター・アドラスヘルム殿。一人の男として、あなたにお願い申し上げます」

スレインは最初に本題を切り出した。場の空気的にも、スレインの心情的にも、今日ばかりは雑談などを挟む気になれなかった。

「あなたの娘、モニカ・アドラスヘルム嬢と結婚させていただきたい。生涯にわたって彼女を守り、幸福にすると誓います。彼女に、そしてあなた方アドラスヘルム男爵家に、決して後悔はさせません。どうか」

スレインはワルターに頭を下げた。

王侯貴族の婚姻ともなれば、こうした過程を経ずに親同士の政治的な話し合いだけで全てが決定し、行政手続きのように結婚式まで事が進められる場合も少なくない。

しかし、スレインはけじめをつけたかった。単なる自己満足の通過儀礼に過ぎないとしても、一人の男として愛する女性の父のもとを訪れ、結婚の許しを得るという過程を経たかった。

「スレイン・ハーゼンヴェリア殿。顔を上げてください」

ワルターに促され、スレインは顔を上げる。その挙動はやや硬い。

「あなたの願いを受け入れます。我が娘モニカを、どうか大切にしてやってください」

「……心から感謝します」

穏やかな声でそう言われ、スレインは安堵(あんど)を覚えながら答えた。

今日の訪問の目的はモニカからワルターへと事前に伝えられており、この申し出を断られるわけがないと分かってはいたが、それでも愛する女性の父親への挨拶で緊張しない者はいない。

「とはいえ、実際に結婚を成すまでには少々時間もかかりますし、諸々の準備も必要でしょう。王妃の実家になる貴族家として、我々にできることがございましたら協力いたします。何なりとお申し付けください。国王陛下」

「ありがとう。政治的な準備はセルゲイの主導で進めてもらうから、アドラスヘルム男爵家はモニカの輿入れの準備を頼むよ。資金は王家が全面的に支援するから、モニカが王城に居を移すにあたって必要なものを揃えて、快適に暮らせるようにしてあげてほしい……まあ、今の時点で彼女はほとんど王城に住んでるようなものだけど」

スレインがやや気まずさを感じながら言うと、ワルターは苦笑する。

モニカはほぼ毎晩スレインの寝室に泊まり、今では自身の着替えや化粧道具なども置いているが、王妃として本格的に輿入れするとなれば相応の準備が要る。高貴な身分の女性が嫁ぐときには、用意すべきものは多い。

「後は、東西の領主貴族から何か言われたり探りを入れられたりするかもしれないけど、今までと変わらない態度で接してくれれば大丈夫だから」

「かしこまりました。それでは我がアドラスヘルム男爵家はモニカの輿入れの準備を進めつつ、引き続き王家の忠実なる臣として務めを果たしてまいります」

その後は部屋を移り、ワルターの妻や長男、モニカも交えてしばらく歓談し、スレインはアドラスヘルム男爵家の屋敷を後にした。

＊＊＊

国王スレイン・ハーゼンヴェリアと、アドラスヘルム男爵家の令嬢モニカ・アドラスヘルムの結婚。その実現を成すために事前に根回しをすべき相手は、東西の領主貴族閥を盟主としてまとめる二伯爵家。

アドラスヘルム男爵家を選んだ王家の政治的な意図を、二伯爵家に理解してもらうのは難しくない。しかし、理解を得るためには説明が欠かせない。「説明した」という事実そのものが。

王家は自分たちの存在を重要視しているからこそ、こうした重要な事項を、直接丁寧に説明してくれる。二伯爵家にそう思ってもらえなければ、王家と領主貴族閥の信頼関係が損なわれる。

なので、国王スレイン・ハーゼンヴェリアの使者としてエレーナ・エステルグレーン伯爵が二伯爵家に送り込まれた。外務長官として交渉事に長け、貴族としての格も高い彼女こそが、説明役として最適任者だと判断された。

「……なるほど。モニカ・アドラスヘルム嬢が次期王妃に」

屋敷の応接室でエレーナの説明を聞き、腕を組みながら呟いたのは、王国西部の貴族閥をまとめるトバイアス・アガロフ伯爵。東西の貴族閥は等しく重要だが、当主の年齢を考慮し、エレーナはまずは年長者である彼の方を訪ねていた。

「確か、彼女は国王陛下の副官を、陛下が王太子であった頃より務めていましたな」

「ええ。モニカ嬢から誠実に支えられたからこそ、陛下は彼女の献身に感銘を受け、彼女に求婚なさいました」

国王スレインは既にモニカに求婚した。すなわち、これは基本的には決定した事項である。エレーナは遠回しにそう伝える。

「少々現金な表現にはなりますが、王妃のご実家になるということであれば、アドラスヘルム男爵家は大躍進ですな。かの家としては喜ばしい限りでしょう」

王家はこの結婚を機に、アドラスヘルム男爵家を優遇していくつもりなのか。法衣貴族を贔屓するのか。トバイアスは言外にそう問いかける。

「いえ、モニカ嬢は生家であるアドラスヘルム男爵家について、今までと変わらぬ扱いを国王陛下に求めたそうです。国王陛下の義父となられるワルター・アドラスヘルム男爵も、引き続き一貴族として王家と王国に仕えることを望んでいます。国王陛下もアドラスヘルム家の意向を尊重し、かの家に特別の配慮はしないと明言しておられました」

エレーナはそう言って、トバイアスの懸念を払拭する。

スレインには世継ぎを産んでくれる妃が必要だが、王家は国王の結婚に際して政治的な混乱を発生させたくない。だから格も影響力も低いアドラスヘルム男爵家が選ばれた。かの家が王妃の実家になるからといって、優遇されることもない。

よって、この結婚で王国貴族社会のバランスは何も変わらない。そうした裏の事情を、トバイアスもこの会話で理解した。

「……左様ですか。まさに王国貴族たるにふさわしい姿勢。王妃のご実家となるアドラスヘルム男爵家に、我々も然るべき敬意を表したく思います」

そして、自身の立場から今、返すべき答えを返した。

エレーナの説明を言葉通り受け取って、今まで通りアドラスヘルム男爵家を格下と見て接するわけにはいかない。王妃の実家ともなれば、たとえ格の低い貴族家であっても儀礼上は相応の礼を払われなければならない。それが貴族社会の秩序を守ることに繋がる。

アドラスヘルム男爵家への礼節はわきまえる。トバイアスはそう答えることで次期王妃の実家への敬意を表し、同時にこの結婚を西部貴族閥の盟主として容認する姿勢を示した。

「アガロフ卿と西部貴族の皆さんの姿勢に、陛下もお喜びになることと思います……そして、陛下は王国貴族社会のさらなる安寧のため、既に未来を見据えておられます」

トバイアスの容認の姿勢を確認し、エレーナは話題を次へ移す。

「未来というと、国王陛下の次代の話ですかな？」

「ええ。王族の多くが逝去し、王家の状況が大きく変わってもなお、東西の領主貴族の皆さんは王家への変わらぬ忠誠を示しました。陛下はあなた方の忠誠に、血の繋がりをもって応えたいとお考えです」

「なるほど。具体的なことを伺っても？」

「公にはしないとお約束いただけるのであれば」

エレーナは微笑を浮かべながら、釘を刺すように言った。

「もちろん、それは心得ております」

「ご理解に感謝します。では……陛下はいずれ生まれるご自身の子女のうち一人を、アガロフ伯爵家に嫁あるいは婿として入らせることを考えておられます」

それを聞いたトバイアスは大きな反応を見せない。エレーナが語った王家の提案は極めて妥当な線であり、トバイアスも当然、可能性のひとつとして予想していた。

「それは我が家としても、非常に光栄なお話ですな」

そして、トバイアスはそう答えた。

王家の人間をアガロフ伯爵家に迎える。それは単に光栄な話というだけでなく、王家が血縁者を人質としてアガロフ伯爵家に、延いては王国西部の貴族閥に差し出すということ。

王家はアガロフ伯爵家を、王国西部を軽んじない。その強い保証のひとつとして、トバイアスとしても文句のない提案だった。

「では、ひとまず内定ということでご納得いただけたと陛下にお伝えします」

「何卒よろしく。ちなみに、東のクロンヘイム伯爵家には王家よりどのようなお話がされるのでしょうかな？」

トバイアスの問いかけに、エレーナは微笑を浮かべる。

「貴家に対するお話と同じ内容を伝えるよう、私は陛下より命じられております」

「……理解しました。国王陛下のご決断とあらば、アガロフ伯爵家としては何も申し上げることはございません」

このような情勢下で、今さら波風を立てる意味はない。トバイアスは穏やかに答えた。

＊＊＊

「……なるほど。我がクロンヘイム伯爵家に、いずれ国王陛下の御子様が輿入れを」

屋敷の応接室でエレーナの説明を聞いたリヒャルト・クロンヘイム伯爵は、膝の上で手を軽く組みながら呟いた。

先代当主である父の戦死を受けて家督を継いだ彼は、まだ二十代半ばという若さではあるが、昨年の過酷な戦いを乗り越えたこともあり、伯爵としての貫禄を見せ始めている。

「ええ。先代陛下の妃であらせられたカタリーナ殿下は、とても不幸なかたちで世を去られました。この上でアガロフ伯爵家より再び妃を迎えても、あるいはクロンヘイム伯爵家より妃を迎えても、選ばれなかった方の家とその派閥とは禍根が残ります。なればこそ、陛下は両家にこのようなご提案をなされています」

本来は、フレードリクがアガロフ伯爵家から妃を迎え、その息子である王太子ミカエルがクロンヘイム伯爵家から次代の妃を迎える予定であった。

しかし、王家が極めて複雑な状況にある現状、唯一の王族であるスレインの妃には貴族社会の力関係に影響をほとんど与えない家の令嬢がつき、その次代では東西の貴族閥にバランスをとった采配をするのが無難な選択。それは、誰からも理解されることだった。

「……理解しました。陛下のご配慮に、クロンヘイム伯爵家の現当主として心より感謝いたします。ちなみにですが、陛下のご嫡子の伴侶に関しては？」

「それはまだ未定……というよりは、未知数です。陛下の継嗣となられる御子様の性別も現時点では分かりませんし、場合によっては他国の王族などを伴侶に迎えることもあるでしょうから」

「なるほど。それは仰る通りです」

気の早い質問をしてしまった。そう思いながら、リヒャルトは苦笑して頷く。

「この件についてはアガロフ伯爵も納得を？」

「ええ。理解をいただいています。彼も同意を示しました」

「それは何よりですね。東部貴族閥と西部貴族閥、双方へご配慮くださる陛下のご厚意にあらためて感謝を」

リヒャルトは表情は変えずに、内心で安堵した。

今のクロンヘイム伯爵領は復興の只中にあり、東にはガレド大帝国に対する防衛線を抱えている。貴族社会のバランス取りで西部貴族閥と揉める余裕はない。

「とはいえ、これは少なくとも二十年ほど先の未来を見据えた話です。この件はひとまず内定というかたちとなります」

決定ではなく内定。よほどのことがなければ履行されるが、絶対の契約ではない。例えば、クロンヘイム伯爵家の忠誠が疑われるようなことがあれば、どうなるか分からない。エレーナの言葉は念押しであり警告でもあった。

「心得ています。未来においてもクロンヘイム伯爵家の王家への忠誠が変わらないことを、これから行動をもって示してまいりましょう」

エレーナの言葉は当然のことなので、リヒャルトはそう答える。

「クロンヘイム卿のお心構えを、陛下も喜ばれることでしょう……では、詳しい期日はまた追ってお伝えしますが、陛下とモニカ・アドラスヘルム嬢の結婚は秋頃――現状では九月頃を予定しています。クロンヘイム卿におかれては、東部貴族の皆様へ、この件の周知をお願いできればと」

「承りました。東部貴族閥の盟主として、責任を持って派閥内の貴族たちに説明いたします。どうかお任せください」

王家はエレーナを通して、二伯爵家への説明を果たした。その他の領主貴族たちへの説明は、派閥盟主たる二伯爵家の務めとなる。

＊＊＊

四月の半ば。モニカとの結婚に向けた領主貴族たちへの根回しや前準備などの実務は臣下たちに任せ、スレインは国王として内政に注力していた。

日常の執務をこなしつつ、新たに進めようとしていたのが、昨年発見して国内での栽培にも成功したジャガイモの普及だった。

ジャガイモを普及する上で最大の障害となるのが、民の感情。得体の知れない作物を新たな主食のひとつとして栽培しろと、国王が命じたからといってすぐに広まることはない。

そこでスレインは、農民たちと直接会い、自らが彼らを説得することにした。臣民と交流を重ねて彼らに親しみを感じてもらい、国を守り抜くことで彼らの敬愛を得た昨年の成果を、ここで活かすことにした。

「国王陛下。本日はこうして王城にお招きいただき、恐悦至極に存じます」

王城の敷地内、王家の居所かつ王領の行政府たる城館。その広間に招かれてスレインに挨拶をしたのは、王都ユーゼルハイムに住む農民のまとめ役である大地主だった。

大地主の後ろには、他にも農民たち——地主と呼べる立場の者から、一家が食べていける程度の土地を持つ小規模な自作農まで、大勢いる農民から適当に選ばれた数十人が並んでいる。

挨拶をした大地主の表情はやや硬い。王都の農民のまとめ役ともなれば相当の財力と市井での発言力を持つが、さすがに国王を目の前にしては緊張した様子を見せている。他の者の緊張はさらに大きいようで、小規模自作農たちなどは少し震えたり、落ち着かない様子で周囲をきょろきょろと見回したりしている。

「皆よく来てくれた。今日はどうか楽しんでいってほしい」

そんな彼らに対し、スレインは優しげな笑顔で言った。

広間には晩餐会(ばんさんかい)などに使われる大きなテーブルが広げられ、椅子が並んでいる。スレインが着席を促すと、数十人の農民たちはおそるおそるといった様子で着席する。

一人の小規模自作農が椅子を引いた際に思いのほか大きな音が響き、彼はびくりと肩を竦(すく)めながらスレインの表情を窺(うかが)う。スレインは笑いながら気にしないように言った。

「さて。事前に聞いていると思うけれど、今日は王都の農業を担う君たちに話があって、こうして王城に来てもらった。まったく緊張しないというのは難しいかもしれないけれど、できるだけ楽にしてほしい。細かい礼儀作法は問わないので、何も心配はいらない」

その言葉を聞いて、農民たちはやや安堵した表情を浮かべる。

「それじゃあ、まずは昼食だ。用件はその後に話そう……ああ、『ご馳走してやったんだから言うことを聞け』だなんて酷いことは言わないから、どうか安心して」

スレインが冗談めかして言うと、農民たちはようやく笑みを見せた。

そして、メイドたちによって料理が運ばれてくる。招いた農民の数が多く、彼らのほとんどがテーブルマナーなどまったくわきまえていないことも考慮して、料理は大皿に盛られたものを食べたい分だけ自分の皿に取り分ける形式になっていた。

「……国王様、これは？」

運ばれてきた料理を見た一人の自作農が、不思議そうな表情で首を傾げる。彼が見ているのは、やや硬そうな薄黄色のペーストに具が混ざったものが、こんもりと盛られた山だった。

「それはこの昼食の主食――つまりはパンの代わりになる料理だよ。ジャガイモという、異国から取り寄せた作物を茹でて皮を剝き、食べやすいように潰して肉や野菜と混ぜてある。潰す前のジャガイモはほら、このような見た目をしているんだ」

スレインは自作農の質問に答えてやり、別の皿を指差した。それは茹でたジャガイモをぶつ切りにして、塩と胡椒で味付けしたシンプルな料理だった。

「ジャガイモ……？」

「聞いたことあるか？」

「いや、初めてだ」

「豆……じゃねえよな。野菜とも言えねえし、パンや麦粥とも違う」

「見た目とか、皮の色とか……なんだか、ちょっと気持ち悪いな」

「おいっ、馬鹿」

思わず口走った一人に別の者が注意するが、スレインは笑って流す。

「さあ、温かいうちに食べよう。先に言った通り礼儀作法は問わない。普段と同じように、気楽に食事をしてほしい」

そう言いながら、スレインは自身の皿を取ってペースト状のジャガイモ料理を小さく盛る。その横にぶつ切りのジャガイモを数個載せ、さらに別の大皿から焼き野菜を少し取る。

スレインが動いたのを見て、農民たちも皿を手に動き出す。それぞれ適当に数種類の料理を皿に載せていく。

皿に取り分けたペースト状のジャガイモ料理を匙ですくった一人の自作農が、何とも言えない表情でそれを口に入れる。

「……うまい！」

そして、感想を漏らす。そのまま二度、三度と匙ですくって口に放り込む。

スレインはその姿を微笑ましく見ながら、自身もペースト状のジャガイモを一口食べる。

しっかりと火の通ったジャガイモに、じっくり焼かれたベーコンの香ばしさ、そして野菜の甘みがよく絡んでいて、少量混ぜられた胡椒も良いアクセントになり、美味だった。

　他の農民たちも、それぞれ料理を口に入れる。

「本当だ、うまいな！」

「ああ。それに食べ応えもある」

「このぶつ切りの方も塩と胡椒がよく効いててうまいぞ」

「腹持ちも良さそうだし、これなら確かにパンの代わりになりそうだな」

「国王陛下、この焼き野菜に入ってる白くて細いものもジャガイモでしょうか？」

　地主の一人がそう言って、香辛料で味つけのされた焼き野菜を示す。

「そうだよ。ジャガイモには幅広い調理方法があるんだ。この焼き野菜には他にも異国から取り寄せた作物が入っている。面白い味わいだろう？」

　サレスタキア大陸西部の各地から取り寄せられた作物のうち、ジャガイモ以外の三種類についても実験的に栽培が行われ、ひとまず成功した。この焼き野菜は、それらの作物を農民たちに披露する意味もあって作られた。

「どの料理も、王家の抱える料理人が腕によりをかけて作ったんだ。心ゆくまで味わってほしい」

　胡椒などの高価な香辛料も惜しみなく使われ、火の通し方ひとつにもこだわられた料理の数々。国王が普段口にしている味ということもあり、農民たちにとってはどれも極上の味だった。

　小規模な自作農たちはもちろん、比較的裕福な地主たちも、これほど味の豊かな料理は日常的には食べられない。彼らは口々に感想を語り合いながら、料理を口に運び続ける。

地主たちはともかく、その他の自作農たちの食べ方は、お世辞にも品があるとは言えない。匙を持っていることを忘れてぶつ切りのジャガイモや焼き野菜を手で口に運んだり、口にものを入れたまま喋ったりと、自由なものだった。

その振る舞いに給仕のメイドたちなどは表情を硬くしている者もいるが、スレインは彼らの所作を気にすることもない。スレインはもともと、彼らと同じ平民として育った。

母アルマの教育のおかげで、スレイン自身は平民としては相当に行儀のいい方だった。しかし、街の料理屋などに入った際は、他の客が咀嚼音を立てたり、大きなげっぷをしたり、野菜のすじや肉の骨を床に吐き捨てたりするのを見てきた。

平民、特に庶民ならばそれが普通であることを考えると、目の前の農民たちは彼らなりに行儀よくしようと努力しているのが分かった。

それから少し経ち、農民たちも満腹になったのか、食べる手を止めていく。数十人の中で最も大柄で、その体格に見合う大食漢が最後に匙を皿の上に置き、食事は一段落する。

「さて、皆。王城の料理はどうだったかな?」

「……とても美味しゅうございました。さすがは陛下の口にされるお食事です」

「こんなうめえ飯を満腹になるまで食えるなんて最高でした」

「特にこのジャガイモとかいう作物、初めて見ましたけどうまかったです」

農民たちの感想を聞いて、スレインは満足げに笑った。

「それはよかった……それじゃあ、そろそろ本題に入ろう。今日、君たちを王城に招いたのは、このジャガイモという作物を君たちに披露したかったからだ」

そう切り出して、スレインはジャガイモの概要を農民たちに語り聞かせる。

もともとは南のアトゥーカ大陸原産の作物で、このサレスタキア大陸ではまだほとんど知られていないこと。

原産地では主食として栽培されていること。

収穫率、栽培にかかる時間、栽培の手間、栽培環境など、麦に勝る利点が数多くあること。

同時に、麦に劣る点もいくつかあること。

具体的な数字も交えたスレインの説明を、農民たちは興味深そうに聞いていた。

おおよその説明を終えたスレインは、傍らのモニカに視線で合図を送る。モニカが頷き、農民たちの前にジャガイモを――緑色に変わって芽が飛び出し、栽培できる状態となったジャガイモを置いた。

「これが、実際に日に当てて芽を出させたジャガイモだよ。食べられる状態のときとは随分と見た目が違うだろう?」

「こ、こいつは……ちっとばかし不気味ですね」

「正直に申し上げて、私も奇妙な見た目だと感じます」

少々グロテスクな外見のジャガイモを見て、農民たちは微妙な表情を見せる。しかし、ジャガイモが食用可能な作物だと知り、美味であることを体感し、国王スレインがごく普通に口にするところを見た後だからか、拒絶するような反応は見られない。

「ジャガイモは麦の完全な代用作物にはならないけれど、麦と併せて栽培することで、この国の食料事情を改善できる。だから王家としては、ジャガイモの栽培を国内で本格化させていきたいと考えているんだ。まずは王都周辺の農地へと栽培を広げたい」

スレインがここまで話せば、農民たちも国王の意図を理解した顔になる。

一部の地主たちは、効率よく増やせる食料の生産を推し進めようとするスレインの狙いにまで気づいた表情を見せる。食料の安定供給を成すことが、軍事や経済の面でいかに重要かは、農民の上位層である彼らも知っている。

「もちろん、いきなり大規模栽培を行えと命令するわけじゃない。王家が行うのは、あくまで栽培の奨励だ。協力してくれた者には税の面で優遇措置もとる。細かいことは後で官僚から説明してもらうとして、大まかに言うと、ジャガイモ栽培に使用した農地の面積に応じて税を軽減する」

農地は所有する農民のものであり、農民たちの協力がなければ社会を安定させることができない以上、いかな国王といえども頭ごなしに命令することは現実的ではない。なのでスレインは、彼らが自発的に協力したくなる道を用意した。

農業を営む者は、保有する農地の面積に応じて為政者に地税を支払っている。ジャガイモ栽培に使用した農地の面積に応じて税が軽減されれば、支払う税が少なく済み、なおかつ栽培したジャガイモは売って現金化したり、自家消費したりすることが叶う。

ジャガイモ栽培に使用された農地からは、麦を育てた場合よりも多くの食料が生産され、王領内の食料自給率は高まる。そうなれば王領内で経済が回るので、王家としては税の軽減による減収もいずれ取り戻せる。

「君たち農民にとっても益のある話だと思うけれど、どうかな?」

スレインに尋ねられた農民たちは顔を見合わせ、まとめ役の大地主が代表して口を開く。

「栽培が容易で収穫率の高い、主食になる作物というのは、私どもとしても非常にありがたいものです。前向きな気持ちで王家に協力させていただきたく存じます」

無理のない範囲でなら王家の求めに応じる。大地主の返答をスレインはそのように理解した。初めて見る作物について、これだけ好意的な返答が得られたのであれば、スレインとしては十分に狙い通りと言える。

「君たちの理解に感謝する。君たち農民こそが、王国社会を支える最重要の存在だ……それじゃあ、後はもう少し実務的な話をしよう。別室で農務長官ワルター・アドラスヘルム男爵が、より詳しい栽培方法や税の軽減の具体的な内容について説明してくれることになっている」

スレインは室内に控えていた近衛兵たちに命じて、農民たちを別室へと案内させる。農民たちは近衛兵の案内に従って、ぞろぞろと広間を退室していく。

ジャガイモ栽培における連作障害などの注意点は昨年から詳しく情報収集がなされ、ある程度の体系的な手引きも作成されている。ジャガイモ栽培を推し進めるための税の軽減措置についても、セルゲイやワルターが微細な点まで考えてくれている。

ここからの実務は、農務長官たるワルターの仕事。ジャガイモ栽培について農民たちに前向きに受け入れさせたところまでで、スレインの役割は終了となる。

「……ひとまず、この調子なら大丈夫そうだね」

「農民たちの心を摑むご手腕、お見事でした。陛下」

スレインは傍らのモニカと言葉を交わし、微笑み合った。

農民全体にジャガイモを受け入れさせるには、彼ら数十人を説得しただけでは不足。今回のような試みをあと数回行えば、ひとまず王都の農民たちが皆でジャガイモを栽培する空気を作れるだろうと、スレインは考えている。

＊＊＊

ユリアス・ウォレンハイト公爵の謀反を、限りなく無血に近いかたちで収めたことで、スレインの国王としての才覚は王国西部においても領主貴族たちから認められた。

一連の騒動が結果的にスレインの威光を高めたのは王家にとって利益となったが、一方で別の部分では、解決すべき新たな問題も発生した。その問題とは、為政者の一族が絶えたことで王領へと併合された、旧ウォレンハイト公爵領の管理だった。

ひとまず王国軍を駐留させて治安を守り、社会の現状維持をさせていた公爵領の今後について、王国宰相セルゲイが対応を検討。具体的な案をまとめ、スレインのもとへと報告に来たのは、四月下旬に入ってすぐの頃だった。

「旧ウォレンハイト公爵領を王領として扱う場合、その人口規模や、旧領都である小都市クルノフの存在を考えると、一定の裁量権を持った代官を置くのが適切な対応かと考えます。代官の人選について、私個人としては文官のイサーク・ノルデンフェルトを推薦いたします」

スレインの執務室を訪れ、具体案について説明していたセルゲイが語ったのは、補佐官として彼の後ろに控えている甥の名前だった。

それまで気配を極力消していたイサークは、自身の名前を出されたため、スレインに向かって軽く頭を下げる。

「イサークか……能力的にはまったく問題ないだろうね。ただ、彼はセルゲイにとって右腕に等しい存在だと思うけど、旧公爵領に送り込んでしまっていいの？」

「補佐官の仕事自体は大して難しいものでもありません。他にも務まる者はおります。私のもとで宰相の執務を学ぶことについては、イサークは既に十分な経験を積みました。今のこれに必要なのは、実際に自分の采配で社会を収め、実務を回す経験です。その点で、代官の仕事は最適な修行となるでしょう」

セルゲイは今年で六十六歳。どれほど頑張っても、十年後まで国政の第一線にいる可能性は限りなく低い。このまま順当にいけば、セルゲイの甥で次期ノルデンフェルト侯爵であるイサークが、そう遠くない時期に次の王国宰相に就任する。

彼の修行の最終段階として、セルゲイはどこかの代官職を任せることを元より考えていた。埋めるべき新たな代官の席が生まれたのはちょうどいいとも言える。

「分かった。セルゲイがそれでいいなら、旧公爵領の代官はイサークに任せよう」

「かしこまりました。ではそのように手配いたします」

「全身全霊をもって職務に励みます、国王陛下」

セルゲイに続いて、イサークも答えた。伯父に似て鋭さのある、生真面目そうな声だった。

「陛下、旧公爵領の管理についてもう一点、提案がございます。公爵家より接収した農地の扱いについてです」

ウォレンハイト公爵家の収入源は、領地と接するエルデシオ山脈内の岩山から切り出す石材と、広大な農地だった。公爵領の農地のうち、公爵家の保有分は実に二割に及んだ。

その農地は、公爵家の他の財産と共に王家に接収されている。他の財産と違い、先の戦いに参戦した領主貴族たちに褒賞として与えることもできない（そんな飛び地を与えられたら貴族たちもかえって困る）ので、丸ごと王家の所有地となっている。

この農地の一部をジャガイモ栽培に活用してはどうか、というのがセルゲイの提案だった。

農地は王家のものとなっているので、何を栽培しようと王家の自由。それを耕す小作農たちも、新たな雇い主である王家の言うことを聞いてくれる。国内におけるジャガイモの栽培量を増やすための場としてぴったりだった。

「いい案だね。そうしよう」

許可しない理由はない。スレインは即答する。

「かしこまりました……そうなると、その農地を管理する責任者も必要となります。以前の管理担当者である公爵家の文官は国外追放となりましたし、ジャガイモの扱いについて公爵家の雇われ農民たちは何の知識も持ちませんので」

「ああ、そう言えばそうだね……人選の案はあるんでしょう?」

セルゲイが事前に案を考えていないはずもないと思ってスレインが尋ねると、案の定セルゲイは頷く。

「もちろんです。私としては、ヴィンフリート・アドラスヘルムが適任かと存じます」

ヴィンフリートはワルターの息子で、モニカの兄にあたる。現在は一文官として父ワルターの下で働いている。

長官職は必ずしも世襲と決まっているわけではないが、特段の事情がない限り、現長官の仕事を最も近くで見て育つ継嗣が継ぐのが恒例。ヴィンフリートもその例に漏れず、農務長官を継ぐ予定となっている。

ある程度広い農地を管理し、今後ハーゼンヴェリア王国にとって重要な作物となるであろうジャガイモの栽培を統率する経験は、ヴィンフリートのためにもなる。セルゲイはそう語った。

「尤(もっと)もな意見だね。そっちも問題ない。セルゲイの采配通りにしよう」

今までの王領のちょうど十分の一ほどと、程よい規模である旧公爵領は、こうして次代を担う官僚たちの修行の場として活用されることが決まった。

＊＊＊

五月の上旬。城館の会議室では、国家運営定例報告会議——通称、定例会議が開かれていた。

国家運営の各部門について、報告と情報共有を行う場であるこの会議。他国に出向いていて不在の場合も多い外務長官エレーナ・エステルグレーン伯爵が、この日は出席して外務の報告に立っていた。

春先から周辺諸国を巡った彼女が語るのは、ガレド大帝国との戦争状態にあるハーゼンヴェリア王国と、平民育ちという異例の出自を持つ国王スレインへの各国の評価について。

「まず、帝国との戦いで勝利を収めた国王陛下に対する評価ですが……一定の能力は認めつつも、このまま帝国と対峙し続けられるかは疑問が残る、という見方が多勢のようです」

スレインは自軍の三倍を超える帝国の侵攻軍に対して、完全勝利を成した。そのこと自体は評価に値すると、周辺諸国の君主たちも概ね認めている。

つい二か月ほど前にユリアス・ウォレンハイト公爵の起こした謀反を、ほぼ無血で収めた話が広まり始めていることも功を奏した。

一度ならば偶然かもしれないが、二度となれば才能である。ハーゼンヴェリア王国の新国王スレインは、平民の出ではあるが、奇策を用いて困難な戦いを乗り越える才覚を持っている。諸王からはそう見られている。

しかし、だからといってハーゼンヴェリア王国が安泰だと見なされたわけではない。

スレインは五千に及ぶ帝国の軍勢に打ち勝ったが、その五千のうちの大半は農民を徴集した弱兵だった。もしもこれが帝国の常備軍や貴族領軍、傭兵だった場合、果たしてハーゼンヴェリア王国は生き永らえることができたのか。帝国が本腰を入れ、強兵をもってハーゼンヴェリア王国に攻め入った場合、果たしてスレインはそれを乗り越えるほどの才覚を持っているのか。

おそらくは難しいと考えたらしく、諸王はハーゼンヴェリア王国とスレインに注目しつつも、今は距離を置いて静観する姿勢をとっているという。

「……なるほど。そうなると、周辺諸国からの助力は見込めそうにないね」

エレーナの報告を聞いたスレインは、そう呟いた。

周辺諸国からすれば、下手にハーゼンヴェリア王国とガレド大帝国の戦いに首を突っ込んでも利点はない。帝国が本気でハーゼンヴェリア王国に侵攻し、占領すれば、ハーゼンヴェリア王国に助力して帝国に歯向かった国は次の攻撃目標になりかねない。

「陛下、これは必ずしも悪い話ではないかと存じます。他国の助力を受けることは、利点もありますが欠点もあります。下手に他国の兵を入れず、口を出されない方が、我が国としては柔軟に戦いやすいかと」

そう意見を述べたのは、ジークハルト・フォーゲル将軍と東部国境の防衛指揮の任を交代し、王都へと戻っている王国軍副将軍イェスタフ・ルーストレーム子爵。王国の軍事的な自立を重んじる発言は、タカ派の彼らしいものだった。

「……確かに、ルーストレーム子爵の意見は理に適ってます。幸い、帝国は未だに新たな動きを見せておりません。デュボワ伯爵家の使者が語っていた、フロレンツ第三皇子の立場の弱さによる戦力不足は事実と見られます。直ちに危機が迫るわけではない現状、調整を欠いた状態で周辺諸国から下手に多くの兵を迎え入れるのは不利益も多いでしょう」

イェスタフの意見を補足するように、セルゲイが見解を語る。

「大陸西部の国々は帝国と比べればまだ価値観を共有できる存在ですが、必ずしも味方ではありません。周辺諸国からあまり多くの兵を迎え入れると秩序の維持も難しくなり、最悪の場合は我が国の内側からの侵略を許すことになります。また、領主貴族たちの反感も買うでしょう。ひとまずは現状を維持しつつ、周辺諸国との現実的な協力体制の模索を着実に進めるしかないかと」

その見解を聞いたスレインは、少し考えて頷いた。

「分かった。とりあえずは現状で良しとしよう……それにしても、こうやってあらためて話を聞くと、オスヴァルド・イグナトフ国王が即座に助力を申し出てくれたのが凄いことに思えるね」

「確かに。かの国はこれまでの歴史から帝国への悪感情を抱いているとはいえ、現時点で対決姿勢を明確にするのはそう簡単にできることではありませんな」

スレインの感想に、ヴィクトルがそう答える。

「イグナトフ王国の側が帝国を良く思っていないのはもちろん、帝国の側も、国境からの盗賊侵入問題でたびたび抗議してくるイグナトフ王国を煩わしく思っているはずです。もしハーゼンヴェリア王国が帝国の手に落ちれば、イグナトフ王国は帝国との戦いを免れないと思っているのでしょう。だからこそ、腹を括って対帝国の姿勢を貫いているのだと思います……オスヴァルド国王ご自身の気質も影響しているのでしょうが」

エレーナがそう言って、クスッと笑った。オスヴァルド・イグナトフ国王が、西部諸国の王の中でも際立って武闘派であることは広く知られている。

「彼の気質が我が国にとって有益にはたらいていることを、今は喜んでおこう……とはいえ、当面は我が国のほぼ独力で国境を守るとなると、防衛体制の強化は必須だね」

「国境の砦の建設、徴集に備えた王領民の定期訓練、及び防衛用装備の拡充は着実に進んでおります。目に見えて成果が出るのは少し先になりましょうが……一方の帝国も、おそらく当面は動きません。今は落ち着いて状況を見守るべきときでしょう」

帝国との戦いからまだ半年強。冬が明けてからは三か月と経っていない。急いで事を進めるにしても限界はある。じたばたしても利益はない。

セルゲイの発言をもって、外交と国防に関する話はひとまず終了となった。

＊＊＊

五月の末。王城に隣接した王国軍本部の訓練場に、三十人ほどの臣民が集められていた。

「並べ！」

彼らに向けて声を張ったのは、王国軍副将軍のイェスタフ・ルーストレーム子爵。その命令に従って、三十人は前後二列になって並ぶ。

彼らは日頃から訓練されている兵士というわけではないが、先ほど何度か整列の練習をさせられたので、その動きは素人にしては迅速な方だった。

「構え！」

イェスタフがまた声を張り、それに従って前列の十五人が手にしていた武器——クロスボウを構える。台座の溝の上に金属製の矢を装塡する。

「放てぇっ！」

命令から一瞬遅れて、十五人はクロスボウの引き金を引く。弓が開き、弦が伸び、空気を切る鋭い音とともに矢が十五本、飛翔（ひしょう）する。

一列に並べて立てられた、木製の的に向けて放たれた矢は、半分ほどが的に命中した。残りの半分は的を外れ、その後ろに作られている土の山に突き立った。

「交代！」

イェスタフの命令で、前列と後列が交代する。その動きもやはり、素人にしては迅速だった。

「構え！」

一射目と同じように、射撃の用意が進んでいく。その間に、後列へと下がった十五人は巻き上げ機を使って次の矢の発射準備を進める。

訓練を受けているのはこの三十人だけではない。少し離れた場所では、別の三十人が槍（やり）を手にして、王国軍騎士から隊列を組む訓練を受けさせられている。

そんな訓練風景を、スレインは国王として視察していた。傍らにはモニカと、セルゲイ、ヴィクトルが付き従っている。

「彼ら、なかなか様になってるね」

「はい。徴集兵ならばこれで上出来かと思います。クロスボウを装備してこの程度の動きができるのであれば、防衛戦闘ではそれなりに役に立つでしょう」

クロスボウ兵たちの方を見ながらスレインが呟くと、ヴィクトルが頷きながら答えた。

「ヴィクトルがそう言うなら間違いないね。クロスボウを増産したのは、やっぱり正解だったみたいだ」

王国の防衛体制を強化するために、王家が昨年末から推し進めてきたのが、クロスボウの増産だった。

クロスボウの弓に勝る利点は、威力と扱いやすさにある。

クロスボウは人間が弓を引いてその体勢を維持する必要がないため、通常の弓よりも威力を高めることができる。クロスボウから放たれた矢は、直撃すれば金属鎧さえも貫く。

また、狙いを定めるのに技術がほとんどいらないため、素人でもクロスボウを持つだけである程度の戦力になる。

そうした利点を持つクロスボウは、ときに「騎士殺し」とも呼ばれる。

一方で、クロスボウには弓に劣る点もある。例えば、弦が非常に硬いため、専用の巻き上げ機やレバーなどを使って引かなければならず、連射性能が低い。また、矢が太く短いために、安定して飛翔する有効射程は短い。

それらと並んで大きな欠点が、構造が複雑で金属部品も使うため、製造に金と手間がかかることだった。クロスボウ本体のみならず、矢の方も値が張る。ただでさえ安くはない長弓の矢と比べてもなお高い。

しかしハーゼンヴェリア王家の場合、王家の富の源泉として鉄鉱山を保有しているため、その欠点についてはある程度解消できる。

鉱山から採れる鉄鉱石は、全て王家の所有物。販売して利益を得る分を除けば、基本的にはスレインの一存で使える。

なのでスレインは、徴集兵をより強力な戦力へと変えるための装備として、クロスボウを増産することにした。王家の保有するクロスボウを、当初の四十挺（ちょう）から今年中にまずは百挺まで。そして来年以降も少しずつ増やすことを、セルゲイやジークハルトと話し合った上で決めた。

年明けから増産が始まり、現時点で保有数は六十強まで増えた。そのうち半数は東部国境の防衛用の装備として砦に送られ、残る半数は王都の防衛兼、王領民の訓練のために使われている。

「臣民に定期的な訓練を受けさせることの効果も、狙い通りに出始めています。元は数十年前の制度でしたが、この様子を見ると今も有効なようですな」

そう語ったのはセルゲイだった。

戦時に徴集される予定の成人男子たちに、定期的な訓練を施す計画も今年の春から始動した。

これまで他の小国と小競り合いをする以外は平和を享受していたハーゼンヴェリア王国だが、帝国との友好関係が崩れた現状、今後は日頃から本格的な戦争に備えなければならない。

この情勢変化を受けて、王領では数十年も前に廃止された臣民の定期訓練が再開された。定期訓練が行われていた当時をよく知るのはセルゲイのみだったので、彼の証言と書庫の古い資料を頼りに、ジークハルトたちが制度をあらためて復活させた。

とはいえ、ただでさえ東部国境の防衛に徴集兵を置いている現状、さらに多くの臣民を長時間拘束することはできない。あまり多くの臣民を軍事のために動かせば彼らはその分働けなくなり、結果として王領の経済が衰え、農業生産力も落ちてしまう。

なので今のところは、動員対象の成人男子――有用な特殊技能がなく、心身が健康で、なおかつ年老いていない者たちに対して、半年に一度、一日間の訓練を義務付けるにとどまっている。

これだけでも効果はある。徴集兵の多くがまともな軍事訓練を受けたことがある状態になれば、ただ素人を集めて武器を持たせるよりも数段ましな状況になる。

加えて、東部国境に派遣される者以外にも、自分や周囲の者が定期的に訓練を受けていれば、臣民の間に今が戦時なのだという自覚も芽生える。

ただ国境に戦力を常駐させるだけでなく、社会の根本から力をつけていくことを目指す防衛体制の強化は、こうして着実に進みつつあった。

「フロレンツ皇子もまだ当分は動けないだろうし、備える時間は――」

「おい貴様！　何をもたついている！　遅すぎるぞ！」

スレインの呟きをかき消すほどの怒声が訓練場に響いた。クロスボウの射撃準備に手間取っている、まだ十代後半と思われる青年をイェスタフが叱責する声だった。

「す、すいません」

「敵が目の前に来てもそうやって謝るのか!?　そうすれば敵が攻撃するのを待ってくれると思って

いるのか⁉　ふざけるな！」

　顔を青くして謝る青年を、イェスタフは容赦なく殴り飛ばす。さすがに力は加減されているのか青年は怪我をした様子はないが、地面に転がって半泣きになっている。それを見ていた他の者も、皆怯えていた。

「……徴集兵にもここまで厳しくするものなんだ。彼らも大変だね」

「いいえ、あれは少々やり過ぎかと。あの徴集兵たちは今回が初めての軍事訓練なのですから、ルーストレーム卿は彼らに能力を求め過ぎでしょう」

　片眉を上げて驚くスレインに、セルゲイがため息交じりに答えた。

「正規の王国軍ではあの程度の折檻も珍しくありませんが……徴集兵の場合は、わざと怠けているのでもない限り殴ることはそうそうありません。彼らに大きな期待をしても仕方がないので」

　スレインが傍らのモニカに顔を向けると、彼女も見解を語った。

「ルーストレーム卿は自身にも部下にも厳しい男なので、練兵となるとつい力が入り、相手が徴集兵でも高い能力を求めてしまうのでしょう」

　イェスタフとは年齢も身分も役職も近いヴィクトルが、彼を庇うように言った。

「なるほど。仕事熱心なのは嬉しいことだけど、力の入れ方には気をつけてもらわないとね」

「本人にもそう伝えましょう……ルーストレーム子爵！　ここへ」

　スレインが微苦笑する横で、セルゲイがイェスタフを呼びつける。イェスタフは自身が指導していた三十人に待機を命じると、即座にスレインたちのもとへ駆けてくる。

「お呼びでしょうか、宰相閣下」

「ああ。卿の訓練の在り方を、国王陛下が問題だと感じておられる」

敬礼して直立不動になったイェスタフに、セルゲイが少しばかり苦い表情で言った。

「卿としては普段通りの練兵をしているつもりだろうが、相手は素人揃いの徴集兵だ。王国軍の正規兵とは違う。ある程度の叱責は必要だろうが、殴りはするな。臣民たちが定期訓練を忌避するようになっては逆効果だ……これは強兵を作るための訓練ではない。戦時に徴集した兵を烏合の衆にしないための訓練だ。その前提のもとに鍛えてやってくれ」

王国軍や近衛兵が完璧な軍隊を目指す組織だとすれば、この定期訓練は素人集団を、素人に毛が生えた程度の集団まで育てるもの。一人ひとりへの指導が多少甘くなっても、精神的に余裕を持って学ばせ、意欲的に訓練に赴かせ、全体の平均点を少しでも底上げする方がいい。

あまり厳しくすると、訓練を受ける臣民たちは怯えた分だけ学ぶ余裕がなくなり、市井では「定期訓練に行くと殴られる」という噂が広まり、訓練の実施を嫌がられる。

「これは国王陛下の定められた方針であり、私も陛下のお考えに同意している。将軍であるフォーゲル卿もこの場にいれば同じ注意をしたはずだ。心得てくれ」

こうした軽い注意の場合、国王であるスレインが臣下を直接叱るのはあまり好ましくなく、しかしイェスタフと同格のヴィクトルが口を出すと角が立つ。

武門の人間ではないが爵位も役職も上のセルゲイが、イェスタフの上官にあたるジークハルトの名も出しながらこうして注意をするのが、この場では最も無難だった。

「はっ。肝に銘じます。申し訳ございませんでした」

イェスタフは血の気の多いタカ派ではあるが、自身の気質とその欠点を自覚し、貴族として序列を重んじる理性も持っている。国王スレインや宰相セルゲイ、そして将軍ジークハルトの意向だと言われ、注意の理由も説明されれば、こうして素直に聞き入れる。

「国王陛下におかれましても、私の無能故にお見苦しいところをご覧に入れることとなり、お詫びのしようもございません」

「気にしないで。君は疑いようもなく優秀な王国軍人だ。今回のことも、君が軍務に責任感を持っているからこその行動だと分かってるから」

セルゲイが伝えるべきことは伝えたので、スレインが注意を重ねる必要はない。イェスタフの名誉のためにも、スレインは逆に国王として彼の姿勢を褒める。

「ルーストレーム卿、話は以上だ。戻ってよろしい」

「はっ。それでは引き続き、務めを果たします」

イェスタフはまた敬礼し、監督する三十人の方に戻る。先ほど殴られ、まだ座り込んでいた青年に手を貸して立たせてやり、全体に向けて訓練の再開を命じる。

「……ルーストレーム卿は有能な男です。一度こうして注意すれば、後は大丈夫でしょう」

その姿を見ながら、セルゲイが言った。

「後はできるだけ多くの臣民に訓練を施して、練度が底上げされていくのを待つだけだね」

「欲を言えば、徴集兵たちがこうして受けた訓練を忘れないうちに、実戦経験を積む機会があればいいのですが。本格的な部隊戦闘を一度経験した人間はそれをなかなか忘れないものです」

そう語ったのはヴィクトルだった。

「実戦経験か……魔物でも狩らせるの？」

「それが常道となります。王国軍でも、新兵に度胸をつけさせるために魔物狩りをさせることはよくあります。定期訓練でそこまで行うには時間が足りませんが、王領内で魔物討伐をする機会があった場合は、徴集兵を使うのもいいかもしれません」

そんなヴィクトルの提案を実行する機会は、この視察の数週間後に訪れた。

六月の中旬。スレインの故郷である都市ルトワーレの近郊で、オークが出現したという報告が王城に届けられた。

＊＊＊

人口およそ千人を擁する都市ルトワーレは、王領の南西側、西の貴族領との領境近くに位置している。

一応はこの地域の中心都市ではあるが、そもそもこの王領南西地域は人口三千人ほどの田舎。ルトワーレも平凡な農業都市に過ぎず、王領において存在感は小さい。

そんなルトワーレ近郊の小さな農村に、付近の森から抜け出してきたものと思われるオークが出現した。

体内に魔石を有し、通常の動物よりも強い生命力を持つ魔物。その中でもオークは、特に厄介な存在として知られている。オークのような強力な魔物を討伐する場合、基本的には王国軍の出番となる。

しかし今回は、実戦訓練がてらに徴集兵が動員され、王国軍はその予備兵力として運用されることになった。

王家は六十人の臣民を徴集し、そこに王国軍一個中隊の三十人と、筆頭王宮魔導士ブランカを加えた討伐部隊を結成。オーク出現の報を受けた二日後には王都ユーゼルハイムを発った。

王都からルトワーレまでは急げば一日でたどり着けるが、今回は行軍に不慣れな徴集兵を抱えていることもあり、無理をせず二日かけて到着。

その翌日、ルトワーレから徒歩で数時間の場所にある、件の農村の近くへ陣を置いた。

「国王陛下、報告いたします。農村内にオークの姿を確認。雄の成体が一匹のみで、番(つがい)や子供の姿は見当たりませんでした」

「ヴェロニカも同じように言ってます。オークの奴、家畜で腹を満たして高いびきをかいてるみたいですよ」

斥候として農村の様子を確認した王国軍兵士がスレインの前に片膝をついて報告し、それに続いて鷹(たか)のヴェロニカを偵察に出していたブランカも語る。

「陛下。オークが一匹だけということは、おそらく縄張り争いに敗れて森を追われた若い雄でしょう。これだけの数のクロスボウがあれば、対処は難しくないかと考えます」

「分かった。それじゃあ予定通り、徴集兵たちの実戦訓練といこう……僕はオークを見るのは初めてだ。皆の活躍をしっかり見届けさせてもらうよ」

ヴィクトルの進言を受け、スレインは言った。

スレインは王国の存亡を左右する大戦や異例の大規模内戦を乗り越えた実績が既にあり、今さら魔物討伐を指揮して経験を積む必要はない。

しかし、元が平民であるスレインは魔物討伐の現場を見たことも、生きて動いているオークを見たこともない。一国の王としてはあまり褒められたことではないので、勉強の一環としてこうして観戦に来ていた。

国王が観戦しているとなれば、徴集兵たちの士気も上がる。もし彼らが苦戦しても、王国軍やスレインを守る近衛兵団、ツノヒグマのアックスを連れたブランカがいるので、スレインに危険が及ぶ可能性は皆無に近い。

「イェスタフ・ルーストレーム子爵。ここからの実務指揮は君に任せた。期待しているよ」

「はっ！　必ずやオークを仕留めてご覧に入れます！」

スレインが正式に命令して指揮権を預けると、イェスタフは敬礼して答える。

魔物討伐の場合は中隊長格が討伐部隊の指揮をとることが多いが、今回は国王の御前であり、徴集兵を使うこともあって、副将軍かつ第一大隊長である彼が自ら指揮に立つ。

「いいか貴様ら、気合を入れろ！　こっちは高価で強力なクロスボウを二十挺も持ってきているんだ！　これだけ有利な状況で、たかがオーク一匹に苦戦などするなよ！」

「「「おおっ！」」」

イェスタフの呼びかけに、六十人の徴集兵は威勢よく応える。

彼らは定期訓練時に見込みありとされた者たちで、個別に名前と所在地を把握され、今回は名指しで集められた。徴集兵のいわば上澄みである彼らが実戦を経てさらに度胸をつければ、戦時には他の徴集兵たちのまとめ役になってくれる。

「いい返事だ！　よし、武器を取れ！　隊列を組め！　行くぞ！」

戦闘訓練でも怯まない度胸と、命令をすぐに理解する頭があることから選抜された六十人は、徴集兵にしては機敏に隊列を組む。クロスボウを装備した二十人が前衛に、槍を装備した四十人が中衛と後衛に立ち、四列縦隊を組む。

その本隊を先頭に、すぐ後ろには予備戦力である王国軍とブランカが、そして最後尾にスレインとそれを囲む護衛たちが続き、一同は戦場となる農村へと進んだ。

人口五十人ほどのこの小さな農村は、オークの出現を受けて今は全員がルトワーレに避難。元王国軍騎士だという村長がためらわずに避難指示を出したことで、人的被害は出なかった。

しかし、無人の村に侵入したオークは、そのままそこに居ついてしまった。討伐部隊が村を視認できる距離まで近づくと、オークは偵察による報告通り、村のど真ん中で昼寝をしていた。オークの傍らには、無残に食い荒らされた豚の死骸が一つ。

魔物の中では知能が高い方であるオークは、豊かに実った農作物や柵に囲われた家畜のあるこの村を、当面の食料に困らない理想的な巣と定めたらしかった。

「全軍停止。隊列を変えるぞ。クロスボウ隊は中央に、歩兵隊はその左右に広がれ」

イェスタフが抑えた声で指示し、徴集兵たちはそれに従って動く。オークはまだ、こちらの接近に気づかず眠っている。

オークの見た目は、スレインが過去に読んだ書物の知識の通りだった。

顔は猪に酷似し、身体は筋骨隆々でそれを硬い毛皮が包んでいる。今は寝転がっているので見えづらいが、立ち上がったら体高はおそらく二メートル以上ある、標準的な雄の成体だった。

オークは魔物の中でも強敵であり、討伐するとなれば二十人の訓練された兵士か、手練れの魔法使いが必要とされている。

今回の主力は徴集兵だが、二個中隊に匹敵する数が揃い、強力な飛び道具であるクロスボウを二十挺も装備している。いざとなれば王国軍や近衛兵団、ブランカの従えるツノヒグマのアックスも戦闘に介入できる。

よって、人死にが出る心配はほとんどしなくていい。だからこそスレインも徴集兵の動員に許可を出している。

「よし、前進」

徴集兵たちが隊列を整えたのを確認し、イェスタフが命令する。前進する徴集兵たちの指揮役として、イェスタフ自身も前進する。

「陛下。我々はこの辺りで待機するべきかと考えます」

「分かった。それじゃあ、僕たちはこのままここにいよう……ヴィクトル、それとブランカも。もし戦況が危うくなるようなら、君たちの判断でいつでも介入していいから」

「かしこまりました」

「了解です」

スレインの指示に、ヴィクトルとブランカが静かに頷く。

「……国王陛下。本当に私も一緒に観戦してよろしいのですか？」

スレインの傍らでそう言ったのは、ハウトスミット商会の跡取り——つまりエルヴィンだった。

「もちろんだよ。戦場を特等席で観戦するのは酒保商人の特権だからね」

幼馴染(おさななじみ)であり、今は王家に忠実な商人であるエルヴィンに、スレインは微笑を浮かべて答える。

今回はルトワーレ近郊の作戦で、部隊規模が小さいこともあり、この作戦中と王都への帰路に消費する物資の手配はハウトスミット商会に任されている。ハウトスミット商会にとっては、ひと儲(もう)けしつつ実績を積む良い機会だった。

「エリクセン商会には大きな仕事を任せる機会が増えるからね。ベンヤミンが忙しくなる分、こういう小規模な軍事行動では君が補助的な役割を果たしてくれると助かる。王家にとって、絶対に信用できる商人は貴重だ……頼りにしてるよ」

スレインが子供の頃のように無邪気な表情で言うと、エルヴィンも同じような表情を返す。

「それでは、こうしてお傍(そば)に立たせていただくご恩を、今後も働きでお返ししてまいります」

スレインたちが話している間も、イェスタフ率いる徴集兵たちは村に接近する。

いかに静かに近づいていようと、相手は強力な魔物。ある程度の距離を詰めたところで、こちらの気配を本能的に察知したらしいオークは飛び起きた。

立ち上がったオークは、自身に接近する人間の群れを認めると、昼寝を邪魔されたからか腹を立てた様子で吠える。

「ブゴオオオオッ！」

巨軀を誇る魔物の雄叫びに、その姿を戦場の後方から見ているだけのスレインも驚く。空気を震わせる咆哮に、思わず少し身が竦む。

「陛下。大丈夫ですか？」

スレインの身の緊張を察したのか、モニカが隣に馬を寄せて尋ねてくる。

「平気だよ。少し驚いただけだから」

スレインは彼女に微笑を返し、表情を引き締めて前を向いた。

不意の咆哮に驚きはしたが、それだけ。これまで乗り越えてきた戦いと比べれば、オークなど恐れるに足りない。

「恐れるな！　あれはただの馬鹿な魔物だ！　俺たち人間様の敵ではない！」

戦場の最前ではイェスタフが声を張る。さすがに少し怖気づいた様子の徴集兵たちも、彼の声を受けてその場に踏みとどまる。

「ブガアアアッ！」

オークは自身の得物らしい太い木の棒を握ると、それを振り回しながら突き進んでくる。

普段は森の中に棲むオークで、それも若い個体ともなれば、おそらくは人間の姿をろくに見たこともない。隊列中央の徴集兵たちが構えるクロスボウが、飛び道具であることも理解しておらず、真正面から一直線に突進してくる。

「クロスボウ隊は構え！　歩兵隊は待機！」

イェスタフの命令で、クロスボウ兵は前後二列で互い違いにクロスボウを構え、オークを狙う。残る四十人は槍を握りしめたままその場に立つ。

今まで戦いに徴集された者たちは、隣国との国境で喧嘩（けんか）のような小競り合いをするか、先のガレド大帝国との戦いで一方的な追撃戦をするか、そのどちらかしか経験していない。今ここにいる六十人は、徴集兵としては初めて本格的な部隊行動をとっている。

逃げずに隊列を保ち、命令を聞いているだけ、素人集団にしては上等。イェスタフはそう考えながら、次の指示を出すタイミングを見極める。

「………今だ！　放てぇっ！」

イェスタフが命じた瞬間、二十挺のクロスボウから二十本の矢が一斉に飛ぶ。

練度の低い徴集兵が放っても真っすぐに飛ぶのがクロスボウの利点。おまけに的となるオークは図体（ずうたい）がでかい。放たれた矢のうち半分以上が、オークの腕や足、胴体に突き刺さる。

「ブグウウッ」

金属鎧さえ貫くクロスボウの矢を全身に受ければ、いかなオークといえどただでは済まない。明らかに怯み、木の棒を取り落とし、突進の勢いがなくなる。

「装填急げ！　歩兵隊は前へ！　槍衾（やりぶすま）を作れ！」

徴集兵たちの狙いの甘さを矢の数で補うため、イェスタフはクロスボウ隊の二十人に二段撃ちではなく一斉射を命じた。その代償として生まれた装填の隙は、歩兵隊に守らせる。

クロスボウ隊の前に出た四十人の歩兵隊は、前後二列で槍を構え、槍衾を作る。

大きなダメージを受けて動きが鈍っているオークは、目の前に作られた四十もの槍の壁を突破することは叶わない。懸命に咆哮を上げながらも、攻めあぐねてその場で虚しく腕を振り回すだけだった。

そして、クロスボウ隊は次の矢を放つ準備を終える。

「歩兵隊、俺の合図で一斉に槍を突き込み、左右に退避しろ……今！」

四十人が一歩前に踏み出しながら、槍の突きを放つ。概ね動きの揃った一斉攻撃を受けて、オークは一歩下がる。

その直後、歩兵隊は左右に走る。オークの正面、クロスボウの射線上から逃れようと足早に移動する。

「放てぇっ！」

歩兵隊が左右に退避したところで、再びクロスボウから一斉に矢が放たれる。ほとんど動きを止めていたオークへの、一射目より近距離での一斉射ということもあり、ほぼ全ての矢が命中した。

「ブウゥ……」

さすがにこれほどの矢を近距離から受ければ、もはやオークもまともに動けない。苦しげな様子でその場に膝をつく。

「とどめだ！　槍を突き入れろ！　胸と腹、そして脇を狙え！」

四十人の歩兵がオークを囲み、正面と左右からオークに槍を突き入れる。合計で百回以上も槍を受けたオークは地面に頽(くずお)れ、動かなくなった。

「おい、お前とお前！　オークの目に槍を突き込め！　脳に到達するまでしっかりとだ！」

イェスタフの命令で、二人の徴集兵がオークに確実にとどめを刺す。

「貴様ら、よくやった！　上出来だ！」

特に危ない場面もなく、軽傷者さえ出すことなく、徴集兵によるオーク討伐は終わった。

「上手(うま)いね。イェスタフの指揮も巧みだったし、徴集兵たちの動きもよかった」

「隊列を崩して逃げるようなこともありませんでした。徴集兵としてはあれで十分でしょう」

後方から戦闘を見届けたスレインが満足げに言うと、ヴィクトルがそう答える。

この成功を受けて、以降の魔物討伐の際は王国軍のみならず徴集兵も動員され、より実戦的な訓練として戦闘に参加するようになった。

＊＊＊

国王の務めは幅広い。国を守るために最高指揮官として軍を統率し、国内社会を維持運営するために為政者として執務に励み、各種の儀式や行事にも出席し、周辺諸国との外交も行う。

そして、文明的かつ文化的な社会を維持するために、文化芸術を守ることも国王の重要な務めのひとつとされている。だからこそハーゼンヴェリア王家にも、国王に直接仕える文化芸術長官の役職が定められている。

王国暦七十八年。七月の上旬。現在の文化芸術長官であるエルネスタ・ラント女爵と共に、スレインは謁見の間にいた。玉座にスレインが座り、その傍らにエルネスタが立つ。スレインの周囲には、他に副官のモニカや護衛のヴィクトルもいる。

「それではこれより、王国暦七十八年における文化芸術披露の儀を始める。皆、国王陛下の御前にふさわしい芸や作品を示すよう励め」

エルネスタが宣言すると、彼女の言葉に従って、スレインの前に居並ぶ吟遊詩人や旅役者、作家、画家らが礼をした。

芸人や芸術家のうち優秀で実績のある者は、王家や貴族の後ろ盾を得て、パトロンのために詩や演劇、文学、絵画などを作る。

一方で、大多数の者は国内各地やときには周辺諸国まで放浪しながら、芸や作品を披露して日銭を稼ぎ、暮らしている。そうした者たちの中でも優秀な者を保護するために、毎年夏頃にこの文化芸術披露の儀が開かれている。

根無し草の芸人や芸術家は国民としては数えられないが、ハーゼンヴェリア王国に百人から二百人ほどいると推定されている。その中から選定されたおよそ三十人ほどが、今この場に並び、これから芸や作品を披露する。その出来に応じて、国王であるスレインから褒賞が与えられる。

「それじゃあ、最初の者。始めてくれ」

スレインが命じると、居並ぶ芸人や芸術家のうち最前列の左端にいた者が、スレインの目の前まで進み出る。

少々派手な装いと、手にしたリュート。誰が見ても吟遊詩人だと分かる。中年の吟遊詩人は一礼し、名を名乗り、リュートを構えると、豊かなバリトンで詩を奏で始める。

「なかなか上手いものだね」

「この者は過去に二度、文化芸術披露の儀で先代国王陛下の御前にて歌っております」

「そうか、父の前でも……父もこうして彼の詩を聴いたのか」

スレインはリラックスした表情で、吟遊詩人の詩に聴き入る。

子供時代、スレインは母アルマの仕事を手伝いながら、少なくない数の物語本や詩集を読んできた。王城に迎えられてからも、教養として多くの芸や作品に触れた。図らずも今ではすっかり戦争で名を馳せてしまっているが、本来のスレインは戦いよりも文化芸術に明るい人間だった。

そんなスレインにとって、この公務は気楽で楽しいものだった。多くの文化芸術に触れることができ、戦いと違って人が死ぬ心配もない。

吟遊詩人が歌い終わる。スレインは彼の詩を高く評し、一万五千スローナの褒賞を与えることを宣言した。彼らのような市井の歌い手にとっては、およそ一年分の生活費にあたる大金だった。

その後も、吟遊詩人や画家、作家、数人一組の旅役者などがそれぞれの芸や作品を披露する。数倍の倍率を乗り越え、文化芸術長官に選ばれてこの場に立っているだけあって、どの芸や作品も一定以上の完成度を誇っている。

しかし、スレインにはどうしても引っかかる点があった。

「……やっぱり、僕の活躍を讃える内容ばかりなんだね」

傍に立つ臣下たちにのみ聞こえる小声で、スレインは呟く。

昨年のガレド大帝国との戦いで、大勝を収めたスレインを讃える詩。

数倍の敵を前にしても怯まず、兵士たちを鼓舞して指揮を成し遂げたスレインの活躍を描く劇。

騎乗して指揮をとる軍装のスレインを描いた絵画。作中のスレインは実際より頭一つ分は背が高く、実際より数段凛々しい。

披露される芸や作品は、どれもそのようにスレインをひたすら賛美するものだった。スレインの二度の戦勝に関するものが多く、変わり種では、ユリアス・ウォレンハイト公爵を貴族として死なせてやったスレインの寛大さを讃える詩などがあった。

「帝国やウォレンハイト公爵に対する陛下の勝利は、王国の歴史に残る偉大なものでした。芸術家や芸人たちが表現の題材として陛下のご功績を選ぶのは、至極当然のことです」

スレインの傍らで、エルネスタがそう語る。

国王の御前で芸や作品を披露し、その出来に応じて褒賞を受け取るとなれば、芸術家や芸人たちは当然のように国王を讃えるものを作る。彼らはそうして王から金を受け取り、その芸や作品を各地で広める。

この文化芸術披露の儀には、芸術家や芸人に褒賞を与えることで、王家の名声を美化した上で国内外に響かせる意図もあった。文化芸術と政治はときに切り離せない。

「貴人について描く文化芸術は多少美化されるものだと分かってはいるけど、いざ自分がそうされると少し気恥ずかしいね」

「先代陛下も、毎年そのように仰って苦笑いをされておりました」

「あはは、こんなところまで親子で似るものなのか」

微苦笑を浮かべたままスレインは言い、目の前で披露される芸に意識を戻す。

照れくさくもあるが、やはり讃えられて悪い気はしない。かつて平民として楽しみ、心躍らせた物語や詩の裏にも、このような歴史があったのかと思うと興味深い。

文化芸術の題材になるとはこういう感覚なのか。そんな感慨を抱きながら、スレインはこの公務を大いに楽しんだ。

＊＊＊

七月の中旬。モニカの王家への輿入れ準備は、順調に進んでいた。

王妃の使う基本的な家具については代々受け継がれてきた高級品の一式が残っており、モニカ個人がもともと持っている私物も、多くは既にスレインの寝室に置かれている。九月の結婚に向けて、彼女が居を移す準備に今から忙しくすることはない。

しかしそれでも、進めるべきことはある。

例えば服の類い。貴人、特に女性の儀礼用ドレスなどは基本的に一点ものであり、男爵令嬢から王妃となるモニカは自身の体型と格にあったものを新しく用意しなければならない。王家御用達の仕立て屋によって、数着のドレスが作られる。

採寸自体はモニカの輿入れが正式に決まった直後に行われているが、細部の調整や装飾の選定などについては、確認のために仕立て屋がまめに王城を訪れる。その度にスレインとモニカが立ち会い、話し合いが進められている。

また、王妃が日常的に使う化粧道具などの小物類も、新たに用意される。先代王妃であるカタリーナのそうした持ち物は遺灰と共に埋葬されるか、遺品として彼女の実家であるアガロフ伯爵家に返されているので、モニカの使うものは一から作られる。

モニカの好みなども取り入れながら、一式が木細工や金細工の工房に依頼され、それらは輿入れの日までに王城に届けられる予定となっている。

こうしてスレインとモニカの結婚に向けた諸々の準備が進む中で、スレインは自身から彼女に一つ、贈り物をすることにした。

「これを私に、ですか……?」

「うん。君に贈りたい」

城館の保管庫で、モニカは目を小さく見開いて目の前に置かれた化粧台を見る。スレインの母アルマの形見である、黒樫（かし）の化粧台を。

城館には以前はカタリーナの遺した化粧台もあったが、それは彼女が輿入れの際にアガロフ伯爵家から持ち込んだもの。伯爵家の先祖から受け継がれた化粧台だったこともあり、小物などと共に遺品として伯爵家に返還されている。

　モニカはアドラスヘルム男爵家の自室で使っている化粧台を王城に持ち込む予定だが、その化粧台はもともと中古で買われたもので、殊更に思い入れがあるわけでもない。そのことを事前に確認しているからこそ、スレインはこの話を切り出した。

「ですが……本当によろしいのですか？　こんなに大切なものを？」

　やや戸惑い交じりに尋ねるモニカに、スレインは微笑む。

「これは母さんの大切な形見だけど、だからこそ、ずっと保管されるよりもちゃんと化粧台として使われる方が、母さんもこれを贈った父さんも喜ぶと思って」

　セルゲイやジークハルトに聞き、この化粧台は母アルマが王城を去った際に、父フレードリクが贈ったものだと確認がとれている。

　化粧台の見た目は華美ではないが、一国の王が愛する女性に贈った品ということもあり、上質に仕上げられている。王妃となるモニカが使うのに不足はない。

「多分だけど、母さんは僕の結婚相手や、父さんの血を継ぐ僕の子孫に、父さんから贈られたこの化粧台を受け継がせるつもりだったんだと思う……だから、まずはモニカに受け取ってほしい。僕と結婚して、僕たちの子供を産んでくれるモニカに」

　スレインの言葉を嚙みしめるように聞いていたモニカは、自身の胸にそっと手を当てると、スレインに微笑み返しながら頷いた。

「分かりました。それでは、スレイン様の妻となる私が、アルマ様の後を継いでこの化粧台を大切に使わせていただきます」

「……ありがとう。モニカ、愛してる」

「私も心からお慕いしています。愛しています。スレイン様」

モニカはスレインをそっと抱き締める。スレインもモニカの背に手を回す。二人で軽く口づけを交わす。

「……それじゃあ、今夜からでも化粧台を使う？　メイドたちのおかげで、いつでも使えるくらい綺麗にしてあるし。今からでも寝室に運ばせようか」

モニカを見上げながらスレインが提案すると、彼女は少し考えて首を横に振った。

「いえ、この化粧台を使うのは、スレイン様との結婚後にさせていただきます……アルマ様への礼儀として、正式にスレイン様の妻となってからこの化粧台を使うべきだと思います」

義理の母への礼儀。モニカの気持ちは、スレインにも理解できた。

「分かった。君が言うならそうしよう」

「ありがとうございます……この化粧台を使う日が来るのが楽しみです」

モニカは愛しそうな表情で、そっと化粧台に触れた。

＊＊＊

円形の城郭都市である王都は、広大な農地に囲まれている。それらの農地のうちおよそ二割を王家が所有し、残りは王都に住む地主から小規模農家までの自作農たちが所有している。

これらの農地で栽培されている作物は様々。多くは麦であり、その他に多様な種類の野菜が育てられている。

その中に、今はジャガイモもあった。まだ実験的な段階ではあるが、王家も、自作農たちも、所有する農地の一角でジャガイモ栽培を開始していた。

春に作付けされたジャガイモは、八月に入った今は青々とした葉を茂らせ、順調に成長を続けている。清々しい夏空の下、スレインはそんなジャガイモ畑を視察に訪れていた。

「ご覧の通り、ジャガイモの生育は極めて順調です。自作農たちの栽培している分も合わせて計算すると、ジャガイモを栽培しなかった場合と比較しておよそ百人分の食料増産が叶う見込みとなっております」

ジャガイモ畑を見渡すスレインの横では、農務長官であるワルター・アドラスヘルム男爵がそう解説する。

「百人分か……確か、当初の予測では五十人分を少し超えるくらいの食料増産が見込まれていたんだったね？」

「仰る通りです。王都の自作農たちが想定以上にジャガイモ栽培に前向きだったこともあり、予想を上回る食料増産を成せる見込みとなっています……連作障害や輪作についての研究も進めておりますので、来年には収穫率のさらなる向上も叶うでしょう」

「そうか、それは何よりだね」

現在の王領の人口はおよそ二万人。そのうち農民は一万六千人弱と推定されている。王領内には傭兵や放浪の吟遊詩人など民の数に入らない者もいることを考えると、王領の農業生産力ではおよそ二千人分の食料が足りない。その不足は、今までは領外からの輸入で補うしかなかった。

まだ実験的なジャガイモ栽培で、不足のうち百人分を埋めることができるのは、決して小さくない成果と言える。この調子でジャガイモ栽培を広げていけば、そう遠くないうちに王領での完全な食料自給が叶うようになる。

いずれは領主貴族たちの領地でもジャガイモ栽培を行わせれば、王国全体の食料生産力が飛躍的に向上するだろう。今よりも少ない農民で、王国の全人口を食わせてもなお有り余る食料を生産できるようになれば、農業以外により多くの労働力を回せるようになり、王国の商業力や工業力、軍事力が高まる。

短期的な利点を考えても、またガレド大帝国と戦火を交えることになった場合、より多くの人間をより長い期間戦争に投入できる。

「秋の生誕祭のときには、王家から臣民たちにジャガイモ料理を振る舞おうか。代金は取らずに、できるだけ多くの民にジャガイモの味を覚えさせるんだ」

生誕祭はエインシオン教の預言者が誕生した日に定められた祝日で、王都では前日から二日にわたって祭りが行われる。祭りの間は露店が並び、王領の各地から民が集まる。

「かしこまりました。振る舞うジャガイモは市場に卸す予定の分を回しますか?」

「そうだね。盛大に振る舞っても、卸値はたかが知れてるだろうし」

王家の農地から収穫されたジャガイモのうち、種芋として次の作付けに回す分以外は、王城で消費するか、市井に卸す予定となっている。

卸す分から一部を無料で臣民に与えたとしても、王家の収入全体からすれば損失とも言えない。農民以外の王都民や、王領各地の臣民にジャガイモを食物として受け入れさせることができる利点の方が遥かに大きい。

「では、生誕祭の時期に王家から市場に卸すジャガイモが……少し多めに見積もって、十樽ほど減ることをエリクセン商会に伝えておきましょう」

「よろしく頼むよ。面倒をかけるね」

「いえ、これも農務長官の務めですので」

自身の思いつきを実務に落とし込んでくれるワルターへと礼を伝えたスレインは、あらためてジャガイモ畑を見渡す。

「……いいね。順調だ」

父フレードリクの後を継いでの農業改革。地に足をつけながら、王国社会の基盤を強化していく改革。この重要な仕事を、自分は着実に成すことができている。

戦いに勝利し、国を守るだけではない。国を内側から良くしていくというかたちでも、自分は王の役割を果たすことができている。その手ごたえにスレインは満足していた。

＊＊＊

八月の中旬。スレインは王城にエルヴィンを招き、お茶を共にしていた。国王として彼に用件があったわけではない。エルヴィンが仕事で王都に来ているという話を聞き、個人的に幼馴染と会っていた。

「へえ、お前がついに結婚か……」

「うん。来週には臣民に向けて発表があるけど、エルヴィンには一足早く伝えたくてね」

城館の中庭に面したテラスで、スレインはハーブ茶のカップを片手に語る。

「それで、相手はどこのご令嬢なんだ？」

「官僚として王家に直接仕えてるアドラスヘルム男爵の長女で、モニカっていう娘だよ。ほら、僕の副官としていつも傍に付いていてくれてる、深紅の髪の」

「ああ、あの人か……綺麗で優しそうな人じゃんか。よかったな」

格の低い男爵家の令嬢が王妃になる裏には、様々な政治的事情もあることは、平民のエルヴィンもおそらく察している。しかしエルヴィンはそうしたことは聞かず、あくまでスレインの個人的な友人として、気楽な雑談に終始してくれる。

「ありがとう。そうだね、モニカはいい娘だよ。僕には勿体（もったい）ないくらいに」

スレインも今は妃を迎える王ではなく、愛する女性との結婚を控えた一人の男として話す。

エルヴィンの気が休まらないだろうからと、今日に限ってはスレインの傍にモニカはいない。おそらくは近衛兵の誰かがスレインたちの視界外から警護を務めているはずだが、少なくとも表面上はスレインは親友と二人きりで語らっている。

「エルヴィンの方はどうなの？　王家お抱えの酒保商人の仲間入りを果たして、今勢いのあるハウトスミット商会の跡取りともなれば、女性からの人気も凄いんじゃない？」

スレインがからかい交じりに尋ねると、エルヴィンは照れくさそうに笑った。

「ああ、実はな……まだ婚約だけど、相手はできたぜ」

「うそ、ほんとに」

半ば冗談のつもりで尋ねたスレインは、思わぬ朗報に片眉を上げて驚く。

「こないだのオーク狩りで、ハウトスミット商会が酒保を務めただろ？　そのことがルトワーレで結構な話題になってさ。今ならいけるって思って、アンナに求婚したんだ。俺が一生幸せにするって、今の俺なら必ず幸せにできるって言ってさ。そしたら受け入れてもらえた。アンナの親父さんにも、ハウトスミット商会の倅なら娘の夫として不足はないって認めてもらえたよ」

「……なるほど、アンナか」

アンナはスレインやエルヴィンと同年代で、スレインの住んでいたルトワーレ南西街区では名の知れた美少女だった。ただし、その父親は頑固極まりない鍛冶職人で、果たしてあの父親の許しを得てアンナと結婚する者など現れるのだろうか、と近所では語られていた。

スレインは顔と名前を知っている程度だったが、エルヴィンは家が商売をやっている関係で、アンナや彼女の実家とは付き合いがあったはず。エルヴィンがアンナの心を射止め、頑固な父親の許しまで得たというのは、間違いなく素晴らしい報せだった。

「凄いね。あの親父さんに打ち勝ってアンナと婚約だなんて、ルトワーレの英雄だ……正式に結婚したら教えてよ。僕からも何か結婚祝いを贈るから」

「いや、国王陛下から結婚祝いなんて、さすがに畏れ多くて受け取れねえよ」

苦笑いで言ったエルヴィンに、スレインも苦笑しながら首を横に振る。

「そんな大げさに考えなくていいって。あくまで幼馴染としての個人的な贈り物だよ……エルヴィンには良いお酒と、奥さんには化粧品か何か届けさせるから、受け取ってよ」

「……そうか。それじゃあ、ありがたくもらうよ」

スレインの言葉に、エルヴィンも納得した様子で頷いた。

「それにしても、お互い結婚する歳になっちまったなぁ……ほんの何年か前までは、まだまだ気楽なガキだと思ってたけどなぁ」

「ほんとだね。あっという間に大人になったし……立場も抱える責任も、大きく変わったよ」

「お前の場合は変わり過ぎだな」

「まったくだよ。自分でも驚くほど偉くなった」

スレインがわざとらしく椅子にふんぞり返って言うと、エルヴィンは小さく吹き出した。

「それで、スレイン・ハーゼンヴェリア国王陛下の結婚式は来月だったか？」

「うん。来月の二十日。その日と翌日は王都で盛大に祭りが開かれるから、エルヴィンも遊びに来るといいよ」

「おっ、そりゃあ楽しみだな」

スレインはお茶のカップを傾けながら、エルヴィンとたわいもない話を続ける。

モニカとの結婚に向けて、スレイン自身が準備するべきことはもうない。後はその日が来るのを待つだけ。

そう考えていたスレインのもとに不穏な報せがもたらされたのは、この翌日のことだった。

「――それでは、フロレンツ第三皇子殿下。こうして皇帝家との契約を交わせましたこと、我が伯爵家にとって大きな喜びにございます」

「ああ、私こそ嬉しいよ。これが双方にとって良い取引となるよう、これから最善を尽くすと約束しよう」

帝国暦二八三年の夏。ガレド大帝国西部の皇帝家直轄領。その中心都市であるアーベルハウゼンの皇帝家宮殿で、フロレンツ・マイヒェルベック・ガレドは帝国西部の大貴族の一人と握手を交わした。

「お約束の貸付金は来週までには確実にお送りしますので、今しばらくお待ちください」

「そうか、来週には送ってくれるか。それはありがたい」

「他ならぬ皇帝家の御為ですので、できる限り迅速に契約を果たすのは当然のことにございます」

「素晴らしい。卿こそは模範的な帝国貴族だ」

「恐縮です。それでは、私は急ぎ領地に帰って貸付金の準備をいたしますので、これにて失礼いたします」

退室する貴族をフロレンツは上機嫌で見送り、応接室のソファにどかりと腰を下ろす。

「ああ、素晴らしい。万事順調だ。これで再侵攻のための金の心配はなくなった」

フロレンツはこの一週間ほどで、帝国西部のいくつかの大貴族家から、ハーゼンヴェリア王国再侵攻の軍資金を借りる契約を立て続けに締結した。

その額は実に五千万メルクに及ぶ。単純計算で、傭兵や徴集兵を合計一万人、数か月にわたって動員できる金額だった。

一度は再侵攻に失敗したフロレンツに、貴族たちがこれほどの大金を貸してくれたのは、フロレンツが皇帝である父の名を出したため。

父からは許可を得ていると嘘をついた上で、皇子として父より預かっている皇帝家の印を使い、皇帝家の名において金を借りる契約を成した。貴族たちも金が利子付きで返ってくるのであれば文句はなく、相手が皇帝家となれば貸し倒れの心配もないので、喜んで話に乗ってくれた。

再侵攻さえ成功させれば、皇帝家の名で貴族たちから金を借りたことは事後報告になっても問題ない。自分は父から溺愛されているし、サレスタキア大陸西部へと帝国の勢力圏を伸ばすことによる利益は、借りた金よりもはるかに大きくなるのだから。

それが、フロレンツの考えだった。ハーゼンヴェリア王国のウォレンハイト公爵を利用した策が失敗してしばらく後、フロレンツはこのような考えのもとに帝国西部の大貴族たちと接触し、交渉し、これだけの資金調達を成した。

「さて、金はできた。いよいよこの金を兵に変える段だ。兵を集める準備はできているな?」

「はっ。ご命令をいただければ、傭兵の募集と民兵の徴集準備を直ちに開始いたします」

フロレンツが傍らの文官に尋ねると、そう答えが返ってくる。

この初老の上級文官は、フロレンツの側近としてこの皇帝家直轄領の運営実務を担っている。極めて有能ではあるが、同時に極めて欲深くもある。既にフロレンツによって金で飼い慣らされているので、今ではすっかりフロレンツの言うことを何でも聞く犬と化している。

フロレンツが父の許可を得ずに大貴族たちから金を借りたことは、フロレンツ以外ではこの文官しか知らない。他の者たちは、当然に皇帝の許可があった上でのことと信じている。

「よし、それではすぐに始めてくれ。あまりぐずぐずしていると、貴族たちから借金をしたことが父上の耳に入ってしまう。父上にはあまり心配をおかけしたくないからな。借金の話より先に、ハーゼンヴェリア王国占領の報せを届けて差し上げよう」

最初の侵攻では、侵攻軍の数こそそれなりに多かったが、その質が悪かった。モルガン・デュボワ伯爵の率いる騎兵部隊に精鋭が偏り過ぎていたために、その騎兵部隊が撃破されると残りの徴集兵たちが烏合(うごう)の衆と化してしまった。

なので今回は、まずは潤沢な資金によって大量の傭兵を集める。そこに前回と同じ規模の徴集兵を合わせ、しっかりと質、量ともに強大な軍勢を組織する。その軍勢をもってハーゼンヴェリア王国を飲み込む。

その指揮をとるのは自分自身。もちろん実務は配下の武官に任せるが、大将として号令をかける役割は自ら務める。自ら大将となり、ハーゼンヴェリア王国に勝利し、そして名誉を挽回(ばんかい)する。

＊＊＊

不穏な情報を摑み、緊急の報告としてスレインのもとに届けたのは、外務長官のエレーナ・エステルグレーン伯爵だった。

「フロレンツ・マイヒェルベック・ガレド第三皇子が、サレスタキア大陸西部にて傭兵を大々的に募集しているようです。私の部下が情報を摑みました」

城館の会議室で、エレーナは淡々と語る。その報告を、スレインはモニカ、セルゲイ、ジークハルトと共に聞く。

「情報によると、フロレンツ第三皇子は相場より多い報酬――一人当たり三千帝国メルクの月給と略奪品の完全な所有権を提示し、傭兵を募っているようです。任務はハーゼンヴェリア王国への侵攻。定員は二千人で、集結期限は十月初め。予定する雇用期間は本格的な冬が来るまでの二か月ほど。集結地点はザウアーラント要塞……そのような募兵内容でした」

ザウアーラント要塞は、エルデシオ山脈の切れ目であるロイシュナー街道のガレド大帝国側、谷を塞ぐように鎮座する、帝国の防衛拠点。

石材を積み上げた強固な城壁と深い空堀、見張り塔や跳ね橋を備え、城壁上には強力なバリスタを複数設置。内部には最大で千人以上が常駐できる兵舎や倉庫を持っている。エルデシオ山脈の谷間に立つという地理的有利も活かし、難攻不落の異名を誇る。

「……また戦争になるのか」

エレーナの報告を聞き終えたスレインが項垂れながら最初に零したのは、そんな呟きと、深いため息だった。

スレインはこれまで二度の戦争を経験し、その両方で大勝を果たしたが、それでも慣れるものではない。臣下も民も危険に晒す戦争を、スレインは嫌悪している。

しかし、いくらスレインが戦争を嫌っていても、戦争の方からやって来るのであれば対処するしかない。今はひとまず気持ちを切り替えて顔を上げ、臣下たちを見回す。

「フロレンツ皇子の帝国内での立場は弱い。資金力の面でも、彼個人の後ろ盾になるような貴族はほぼいないんだよね？」

「仰る通りです。帝国の宮廷社会の勢力図が、この一年弱でそう大きく変わったという話も聞こえていません。フロレンツ皇子の力を考えると、これだけの短期間で大した軍資金は集められないはずです」

サレスタキア大陸西部への侵攻はフロレンツが第三皇子としての権力の範囲内で進めていることであり、帝国におけるフロレンツの立場の弱さを考えると、当面は前回と同規模の軍事行動さえ起こせないはず。

また、帝国の意思決定者である皇帝が本格的に大陸西部への侵攻を決意するとも考えられない。帝国は未だ東や北の隣国と敵対しており、三正面で戦争をする余裕はいかな帝国といえども持っていない。

なので、少数の部隊による急襲などを防げる体制を作っておけば、ひとまず危険はない。フロレンツが力を蓄えて再侵攻を試みるか、帝国をとりまく状況が変わるとしても、年単位の時間がかかる。その兆候がないか注視しながら、周辺諸国とも連携を進めてじっくりと備えていけばいい。

ハーゼンヴェリア王国としては、そのような考えを前提に防衛計画が立てられていた。その前提が、今回のフロレンツの行動で崩れ去った。

「提示されてる条件から考えると、傭兵への報酬だけで一千万帝国メルク以上。徴集兵や物資も集めると考えたら数千万もの軍資金が必要になる。だけど、一体どこからそれだけの大金を……」

「順当に考えると、借金でしょうか」

「しかし、フロレンツ皇子の立場の弱さでそのような大借金ができるものなのか？」

スレインに対してエレーナが答えた言葉に、ジークハルトがそう疑問を呈する。

「フロレンツ皇子個人の信用では難しいでしょうが、彼は皇帝の息子ですから。皇帝家の名を出せば不可能ではないと思いますわ」

「しかし、フロレンツ皇子はあくまで第三皇子で、それも愛妾の子だと聞いている。独断で皇帝家の名を自由に使う権限は与えられていないだろう」

「……フロレンツ皇子は愛妾の子だからこそ、世継ぎの問題の絡まない息子として皇帝から溺愛されていると言われています。自分ならばそれだけの勝手をしても、成果が伴えば父親から許されると踏んで、皇帝に無断で使ったのかもしれません」

「そんなことをしても、すぐに皇帝に……いや、帝国領土は広大で、西部の直轄領から東部の帝都まではかなりの距離がある。勝手に借金をしたことも、しばらくは隠しておけるか」

「普通ならこんな危ない橋は渡らないと思うけど、フロレンツ皇子は色々と普通とは言い難い人物だからね。父親に無断で皇帝家の信用を借金の担保にしたというのはあり得るかもしれない」

二人の会話を聞いて、スレインはそう呟いた。

「陛下。敵側の軍資金の出所は確かに気になる点ですが、今は何とも情報不足です。ひとまずはフロレンツ皇子の行動への対処に注力べきかと」

「……そうだね。セルゲイの言う通りだ。前回と同じように、敵側の事情は勝てば見えてくるだろうし」

セルゲイの言葉にスレインも頷き、話は本題に戻る。

「フロレンツ皇子が掲げた条件だと、応じる傭兵も多くなりそうかな?」

スレインが尋ねると、ジークハルトが頷いた。

「月給が三千メルクで、略奪品の利益の一部を雇い主に納める必要もないとなると、サレスタキア大陸西部の傭兵たちにとっては破格の条件です。ほぼ確実に定員を超える傭兵が集まります」

代えの利く人材は消耗品として見られるので、その人件費は総じて安い。国民として数えられない根無し草の傭兵たちも、よほどの精鋭でもなければその報酬は月給二千から三千スローナほど。大陸西部の他の国々でも、ハーゼンヴェリア王国と大差はない。

傭兵たちはどこかに定住しない限り納税の義務がないので、その社会的立場を考えると、これでも十分に高給取りな方と言える。

それに対して、フロレンツが提示している月給は三千メルク。ハーゼンヴェリア王国と帝国の物価の差を考えると、およそ四千スローナに相当する。加えて略奪品が全て自分のものになるとすれば、サレスタキア大陸西部の傭兵たちはおそらく嬉々としてフロレンツの募兵に応じる。

「そうか……それにしても、フロレンツ皇子はどうしてわざわざサレスタキア大陸西部で傭兵を集めてるんだろう？」

「帝国領土では傭兵を集められない何らかの理由があるのか、大陸西部の傭兵を自軍に集めることでこちらが傭兵による戦力増強を成せなくする狙いなのか、あるいはその両方か……これから探れば、ある程度は掴めるかと存じます」

スレインの疑問に、今度はセルゲイが答える。

「募集に応じた傭兵たちは、ロイシュナー街道を通ってザウアーラント要塞に集まるんだよね？」

「はっ。なかには街道脇の山を抜けて要塞に向かう者もいるかもしれませんが、多くは街道上、こちらの砦を通過していくものと思われます」

「国境を封鎖して、彼らの移動を止めることはできないのかな？　そうすれば戦いを未然に防ぐこCとも……」

尋ねられたジークハルトは、残念そうに首を横に振る。

「難しいでしょう。傭兵たちは王国の民でもなく、王家が雇用しない限りは王国軍にも命令権はありません。かといって砦を閉じ、傭兵たちを力ずくで足止めすれば、報酬の良い仕事に向かうことを妨害された傭兵たちから間違いなく恨まれます。こちらを恨みながら国境で立ち往生させられる傭兵が数百人も集まれば、そこで大規模な戦闘が起きかねません。最悪の場合、こちらの国境防衛部隊は帝国と戦う前に、激昂した傭兵たちから砦の後背を突かれて崩壊します」

「……やっぱりそう簡単にはいかないか」

スレインは顎に手を当て、渋い表情で考える。

傭兵たちは好きに通行させるしかない。戦いは避けられない。それはほぼ確定。

「陛下。現状では分からない点も多い以上、ひとまずは情報収集をしつつこちらも戦いに備えるべきかと存じます。フロレンツ皇子による募兵の内容を見るに、敵が動き出すのは十月上旬以降。幸いにも時間的猶予はあります」

「……そうだね。セルゲイの言う通りだ。時間があればまた何か策を思いつくかもしれないし、とりあえず今からできることをしておこう。エレーナはフロレンツ皇子が動員する見込み兵力や、傭兵たちの動きについて情報収集を。ジークハルトは防衛戦の準備を進めてほしい。セルゲイは全体の統括を頼むよ」

今は目先の指示を出すに留め、スレインはこの場を締めた。


「……スレイン様。大丈夫ですか？　ご無理はなされていませんか？」

話し合いを終えてひとまず執務室へと戻ったスレインに、同行するモニカが心配そうに言葉をかける。

また戦争になるのか。先ほどの話し合いの最中、そう呟いたスレインの心境をおそらく気にしての問いかけだった。

「大丈夫。嬉しい報せとは言えないけど、さすがに三度目ともなると強く衝撃を受けることはなくなったよ」

スレインが微苦笑で答えると、モニカは心配と安堵が交ざり合ったような複雑な表情で、しかし彼女も笑みを見せてくれた。

「やることは変わらない。兵や民の犠牲を最小限にしながら、危機を乗り越える方法を考えて実践する。それだけだ。今はまだ情報収集の段階だけど、状況が見えてきたらきっと対処法も考えつくはず。いや、必ず考えてみせる……それにしても」

表情を引き締めて決意を語ったスレインは、そこで声色を変える。

「フロレンツ皇子もつくづく間の悪い人だね。去年は僕の戴冠式が迫ってるときに、今年は僕とモニカの結婚式が迫ってる時期に侵攻を企てるなんて」

「……そうですね。ですがご安心ください。たとえ結婚式の日取りが先に延びても、私がスレイン様の妻となることは変わりません。この危機を乗り越えてスレイン様と夫婦になるため、私も全力をもってお支えします」

少し重くなった場の空気を変えようと、スレインがあえて力を抜いて語った冗談に、モニカはクスッと笑って応じる。

「ありがとう……あの黒樫の化粧台を早くモニカに使ってほしいからね。頑張るよ」

スレインはモニカと顔を寄せ合い、口づけを交わした。

＊＊＊

その後のエレーナたち外務官僚の情報収集によって、より詳しい状況が明らかになった。

帝国に忍び込ませている間諜(かんちょう)からの報告や、同じく帝国へと間諜を送っているオスヴァルド・イグナトフ国王からの情報提供によると、フロレンツ皇子は自身が皇帝の名代として治めるガレド大帝国西部の皇帝家直轄領でも傭兵を募っている。

募兵はサレスタキア大陸西部ほど大々的なものではないが、それでも千人前後の傭兵を集めるつもりでいるようだった。

さらに、おそらくは再侵攻に向けた物資として、大量の食料がザウアーラント要塞へと運び込まれている。直轄領の民に向けて、近日中に兵を徴集する旨も布告されている。

これらの情報から想定される敵の総兵力は一万弱。それが、エレーナからの報告をもとにセルゲイやジークハルトが考察した結論だった。

「去年の侵攻軍の二倍近い兵力か……いくら国境に砦を建造したからといって、とてもじゃないけど安心できないね」

八月末。再び重臣たちを集めた会議室で、スレインは呟く。

「敵の質を考えると、単純に数を二倍にした以上の脅威でしょう。農民からの徴集兵が大半を占めた前回と違い、今回の敵は傭兵が最低でも三千。フロレンツ皇子の手勢である常備軍も数百は出てくるはずです。職業軍人だけでその数となれば、国境で食い止めるのは至難の業です」

将軍であるジークハルトが、腕を組みながら難しい顔で見解を語った。

前回の戦いでは、敵の主力たる五百の騎兵さえ潰せば残る徴集兵の士気を挫くことができた。

しかし今回は、戦いを生業とする傭兵や常備軍兵士が推定で三千以上。併せて動員される徴集兵も、味方にそれだけ強大な戦力がいるとなれば勢いづき、そうそう士気は下がらない。

ハーゼンヴェリア王国側の国境に昨年から築かれた砦は、まだ野戦陣地の延長のようなもの。谷間の入り口に位置していることもあってそれなりの防衛力はあるが、質を伴い士気も旺盛な一万近い大軍を、いつまでも押しとどめられるほど堅牢ではない。

「砦では防ぎきれないとして、会戦で決着をつける場合の勝算は？」

「王国の存亡を左右する危機ということで、こちらが限界まで多くの徴集兵を動員したとしても、なんとか五千に届くかどうかという程度。戦の準備は現在進行形で進めておりますので、動員自体は可能ですが、正直に申し上げて勝算は五分以下といったところでしょう」

国家総動員体制をとり、限界動員数を集めたとしても、敵との戦力差は二倍近い。素人ではない兵士の比率に至っては、およそ四倍から五倍になる。

ジークハルトの語った五分以下という勝算は、この場の空気に配慮して言ったものだとスレインは考える。実際はおそらくもっと悪い。

「敵が兵力を揃えきる前にこちらから打って出て、再侵攻の芽を摘んでしまう……のは、やっぱり無理があるかな」

スレインは提案しながら、しかしその案を自身でも否定する。

「敵の集結地点がザウアーラント要塞となれば、難しいでしょう。あの要塞の難攻不落という評価は伊達ではありません。私が子供の頃には、統一国家の兵として実際にあの要塞を攻めたことがある者もまだ生きていましたが……敵側が五百人、こちらが五千人でも陥落させられなかったと話を聞きました」

セルゲイが語り、続いてジークハルトがまた口を開く。

「数日前の時点で、こちらの東部国境を通過した傭兵の数は二百人ほど。帝国の方からも傭兵が集まり、常備軍兵士もいるとして……後方での侵攻準備もあるので全員が要塞に常駐しているわけではないでしょうが、それでも現時点で数百人程度は要塞防衛に回っていると考えられます。こちらが直ちに動かせる兵力は千人以下。先制攻撃を試みる場合は極めて厳しい戦いになるでしょう。もちろん、陛下よりご命令をいただければ我が軍は全力をもって要塞攻略にあたります」

「……いや、危険過ぎる。止めておこう」

満を持しての決戦でも、要塞への先制攻撃でも、勝てる望みは薄い。その現実を前に、スレインは深いため息を吐く。

「去年の奇襲の手際といい、冬明けの謀略や今回の侵攻準備の手腕といい、正直言ってかなりの強敵だね、フロレンツ皇子は。これまで聞いていた評判と違い過ぎる」

「愛妾の子とはいえ皇族ですので、それなりの教育を受けていて馬鹿ではないはずですが……そのことを考慮しても、なかなかの切れ者と評するべきでしょうね」

スレインの言葉にエレーナが答え、他の者たちも賛同の意を示す。

何年も温和な態度を見せて、大陸西部から穏健派という評価を得る。そうして油断させた上で、子飼いの貴族を上手（うま）く使ってハーゼンヴェリア王国への奇襲を成す。

敵国の貴族の思想に付け入って懐柔し、スレインの暗殺を試み、失敗したらその貴族は切り捨てて自身は何らの損失も負わない。

そして今は、軍資金を確保し、ハーゼンヴェリア王国を真正面から打ち破れるだけの戦力を揃えようとしている。下手な搦（から）め手を用いてくるよりもよほど質が悪い。

これだけのことを成すフロレンツ・マイヒェルベック・ガレドが無能であるはずがない。少なくとも戦略家としての彼は、相当な強敵であることは間違いない。彼がハーゼンヴェリア王国を目の敵として狙ってくる現状は、この国にとって建国以来最大の危機と言える。

「それにしても、ザウアーラント要塞か。名高い歴史的建造物として聞いてた頃はよかったけど、軍事要塞として目の前に立ちはだかると、本当に厄介な存在だね」

「かつて帝国と争っていた統一国家の王侯貴族たちも、あの要塞を心の底から憎く思っていたことでしょうな」

思わず苦笑しながら言ったスレインに、ジークハルトがそう答える。

かつて大陸西部に君臨した統一国家は、ときにはエルデシオ山脈を越えてガレド大帝国の西部を切り取ろうとする領土的野心を抱きながらも、ロイシュナー街道からの侵攻は全てザウアーラント要塞に阻まれたという。だからこそあの要塞は、難攻不落の異名を誇る。

大陸西部と帝国が争う時代が過ぎ去り、あの要塞がただの巨大な国境検問所、あるいは貿易商人の宿泊所と化していたこれまではよかった。

しかし、今はもはや違う。帝国からの侵攻の拠点となり、なおかつこちらの反撃を絶対的に阻む要害となると、これほど面倒なものはない。ザウアーラント要塞がある限り、戦いの主導権は常に帝国に握られているも同然。

「逆に言えば、あの要塞さえ落とせればこちらが主導権を握れる。エルデシオ山脈の谷間にあれだけ強固な要塞があれば、帝国の再侵攻をほとんど心配しなくてよくなるんだけどね」

大軍を展開できない険しい山脈の谷間に築かれた、五百人で五千人の侵攻を食い止められる要塞。それを奪取できれば、防衛に限ってはおそらく帝国でさえも大きな脅威ではなくなる。

「まあ、こうして口で言うほど簡単なら過去に誰かが成してるはずか」

「ガレド大帝国の侵攻を一度退けた上に、ザウアーラント要塞を帝国から奪い取ったとなれば、陛下は稀代(きだい)の勇者として後世で語られますな」

「あはは、そうなったらジークハルトも、あの要塞を落とした偉大な将軍として名が残るよ」

厳しい状況を前に重くなった内心を少しでも軽くしようと、スレインはジークハルトとそんな冗談を交わす。

「落とすとしたら、要塞に敵の戦力が揃いきってない今が間違いなく好機なんだけど……時間が経てば経つほど、多くの傭兵が集結を果たしてしまうよね」

「残念ながらそうなるでしょう。まだ当分は集結も緩やかに進むでしょうが、おそらくは九月の後半頃から、参戦を決めてここまでたどり着いた傭兵たちが大挙して国境を通過していくことになります」

スレインが呟くと、エレーナがそう言って会話に加わってきた。

「東部国境からの報告では、名の知れた傭兵団も既にいくつか通過したそうです。最終的には、大陸西部に名を馳せる傭兵団の展覧会のような有り様になるでしょうな」

「これが他人事だったら、見ていて楽しかっただろうね」

ジークハルトの言い方にスレインは思わず苦笑した。名だたる傭兵団が兵を並べる光景。単に歴史の一幕として見るなら、何とも壮観なことだろう。

「情報収集をしていると、今まさにザウアーラント要塞を目指しているという傭兵たちの噂もちらほら聞こえてきますが、なかなか豪華な顔ぶれでしたわ。なかにはグルキア人傭兵団の『ウルヴヘズナル』までいるそうですから」

「ほう。その傭兵団の名はこの国にもたびたび聞こえてくるが、あの連中まで動くか。並の傭兵の倍は強いというグルキア人傭兵が敵に回るとしたら、極めて厄介だな」

グルキア人は、かつて大陸西部に統一国家があった時代に、その国土の中央北部に領地を持っていたという民族。エルデシオ山脈の奥深くに住む山岳民族のうち、平地に下りてきて大陸西部人と融和した者たちの末裔と言われている。

統一国家の崩壊後、今からおよそ八十年ほど前に、グルキア人の領地はその周辺一帯を新たに支配した国によって取り潰された。それ以来、彼らは故郷を持たない民族となり、主に傭兵として身を立てているという。

根無し草となったその境遇と、山岳民族の末裔であることから、今では「山から下りた蛮族」として蔑視されることが多い。

スレインも平民だった頃からグルキア人という民族自体は聞いたことがあり、王城に迎えられてからは歴史の勉強で、彼らについてもより詳細に学んだ。『ウルヴヘズナル』はグルキア人傭兵団の中でも特に有名で、団長は統一国家時代のグルキア人貴族の末裔だと聞いている。

「……グルキア人か」

ジークハルトとエレーナの会話を聞いたスレインは、一人呟いて考え込む。

そして、急にハッとした表情になると、エレーナの方を向いた。

「エレーナ。そのグルキア人傭兵たち、今はどの辺りにいるか分かる？」

「……確か、数日前に西からハーゼンヴェリア王国の領土内に入ったという目撃情報が来ています。今頃は王領の少し西の辺りにいるかと」

エレーナの返答を聞いたスレインは、安堵を覚えながら微笑を浮かべる。

「よかった。それならまだ十分間に合うね……彼らと接触したい。僕に考えがある」

＊＊＊

グルキア人傭兵団『ウルヴヘズナル』。

サレスタキア大陸西部の中でも中央南側の地域を主な縄張りとし、数多の紛争や盗賊討伐、魔物討伐に参加してきた彼らは、手練れの傭兵団として広く名を知られている。

兵力はおよそ五十。妊娠中の女や、まだ兵士と認められていない十二歳以下の子供を合わせると七十人ほどの大所帯。団としての戦闘力は並の傭兵百人に匹敵するとも言われている。

現在の団長はユルギス・ヴァインライヒという三十一歳の男。ユルギスはかつて統一国家に存在したグルキア人の領地を、貴族として治めていた一族の子孫だった。とうの昔に爵位も領地も失った身ではあるが、それでもユルギスは先祖から受け継いだ姓を名乗り続けている。

そのユルギスがフロレンツ皇子による募兵の話を聞いたのが、八月中旬の終わり頃。単に募兵の件を噂で聞いたのではなく、フロレンツ皇子の遣いが団に直接接触し、参戦を打診してきた。

提示された報酬は戦闘員一人につき月給五千メルクという破格のものだった。加えてユルギスには『ウルヴヘズナル』を基幹にした千人規模の部隊を指揮する将となることが求められ、月給二万メルクという高給が提示された。

大陸西部ではまずあり得ない報酬と、さらには略奪品を全て自分のものとする権利。これらの条件を前に、ユルギスは参戦を決意した。大規模な傭兵団を維持するには金がかかる。この儲け話に乗らない理由はなかった。

そのとき受けていた魔物討伐の仕事を手早く片づけると、集結地点として指定されたザウアーラント要塞を目指して移動を開始。七十人の大所帯で長距離を移動しては宿を取ることさえままならないので、団を四隊に分け、それぞれ別の経路で要塞を目指した。

そして、九月の初め。ユルギスの率いる一隊は、ハーゼンヴェリア王国の王領、ザウアーラント要塞まであと数日という地点にいた。この日ユルギスたちは、ルトワーレという小都市の宿屋で一フロアを貸し切って宿泊していた。

その日の深夜。まだ六歳の娘を寝かしつけ、副団長である妻を抱いたユルギスが眠りにつこうとしていたとき。

「失礼します、お頭」

部屋の扉を叩く音と部下の声が聞こえ、ユルギスは本能的に枕元の短剣に手を伸ばした。

隣でつい先ほど眠りについた妻も、今はもう目を覚まし、武器を取って服を着ようとしている。

ユルギスも妻も戦場で生きてきた身なので、こういうときはすぐに動ける。

「なんだ、こんな夜遅くに」

「それが……ハーゼンヴェリア王家の遣いで、伯爵だとかいう女が宿に来ました。お頭に会いたいそうですが、どうされますか?」

訝しげな表情を浮かべながらユルギスが問うと、部下は扉越しに報告する。

ハーゼンヴェリア王家の遣い。そう聞いたユルギスは、少しの驚きに片眉を上げながら考える。

そして、不敵な笑みを浮かべながら答える。

「……いいだろう、会おう。この部屋に連れてこい。相手は貴族様だ。くれぐれも丁重にな」

フロレンツ皇子が傭兵を集め、侵攻しようとしているハーゼンヴェリア王国。その王家の遣いが自分に接触して何をするつもりなのか。ユルギスは興味を抱いた。

既に服を着た妻の横で自分もシャツとズボンを身につけ、ぐっすりと寝ている娘は部下に別室へと連れて行かせる。そして、部下たちに椅子を二つ並べさせる。

ユルギスは自分一人が椅子に座り、妻を傍らに、護衛を務める部下数人を後ろに立たせ、ハーゼンヴェリア王家の遣いを迎えた。

「夜分遅くに失礼します。私はエレーナ・エステルグレーン。ハーゼンヴェリア王家より伯爵位と外務長官の職を賜っています。お会いできて光栄ですわ、ユルギス・ヴァインライヒ殿」

「……これはこれは。ご丁寧な挨拶をどうも、エステルグレーン伯爵閣下」

ユルギスは少し驚きながら立ち上がり、エレーナに差し出された手を握り返す。相手は伯爵でこちらはたかが傭兵団長。正直に言うと、もっと尊大な態度を示されると思っていた。

「安宿の大して広くもない部屋ですが、どうぞ座って楽に」

「ええ、ありがとうございます」

ユルギスの正面に座るエレーナの後ろには、三人が付いていた。

一人は分かりやすく武人らしい男。もう一人は深紅の髪をした軍装の女。二人に挟まれるように立つ残りの一人は、黒い髪の一部を金に染めた、子供のように小柄で華奢(きゃしゃ)な男……あるいは女。

小柄な一人は顔を隠すようにフード付きのローブを着ており、フードの陰に隠れて見えづらいその顔立ちからは、性別を判断しかねた。

この小柄な人物はどう見ても白兵戦闘の要員ではないので、おそらくは魔法使いか何か。残りの二人はエレーナを護衛する騎士か。

「それで、エステルグレーン閣下。私のようなしがない傭兵に、ハーゼンヴェリア王家は一体どのようなご用がおありで?」

ユルギスが不敵な笑みを隠そうともせずに尋ねると、エレーナは艶やかな微笑を浮かべる。

「私の主君であるスレイン・ハーゼンヴェリア国王陛下は、あなた方『ウルヴヘズナル』を雇用したいと考えておられます」

「ほう、それは興味深い」

そんなところだろうと予想していた通りの話だった。意外性も何もない。

「しかし、我々は既にガレド大帝国のフロレンツ・マイヒェルベック・ガレド第三皇子殿下よりお話をいただき、ザウアーラント要塞を目指しているところです。ご足労いただいたところ大変申し訳ないが――」

「存じています。その上で、我が主君はフロレンツ皇子に代わってあなた方を雇用したいと考えておいでです」

「……なるほど」

その言葉を聞いたユルギスは、嘲りと少しの怒りを覚える。

確かに自分たちは、金で雇われる根無し草の傭兵。しかし、こうも簡単に横取りが叶う人材だと思われているとは。

物腰は丁寧だが、やはりこちらをたかが傭兵と侮っているらしい。どう言い負かして追い返してやろうか。そう考えていると、エレーナはさらに言葉を続ける。

「もちろん、これが簡単な話ではないと分かっています。なので我が主君は、『ウルヴヘズナル』の長であるあなたと顔を合わせ、直々に話をすることを望んでおられます」

「ははは、私程度に一国の王が会ってくださるとは畏れ多い。しかし、いつどこでお会いすればよいので？　フロレンツ皇子に雇われることを決めた立場上、私が貴国の王城に参上することはできかねますよ。そんなところを民衆に見られて、内通の噂を広められでもしたら大変だ」

「ええ、あなたがそう言うことは陛下も予想しておられました。なので、陛下は御自らこの場に来ておられます」

　エレーナはそう言って立ち上がった。

　国王がわざわざここまで来ているというのは、ユルギスも予想外だった。

　少し面白くなってきた。そう思いながら、エレーナがスレイン国王を呼びに行くのを待っていると——エレーナは部屋を出ていくことなく、椅子の脇に立つと、後ろに並ぶ三人のうち小柄な一人に身体(からだ)ごと向く。

「国王陛下」

　そして、その一人に向かって頭を下げる。伯爵である彼女の礼を受けながら、その一人はローブのフードを下ろし、顔を露(あら)わにした。

「……あなたがスレイン・ハーゼンヴェリア国王でいらっしゃる？」

　さすがに驚いたユルギスが、少し呆(ほう)けた表情で尋ねると、穏やかな微笑を返される。

「ハーゼンヴェリア王国第五代国王、スレイン・ハーゼンヴェリアだ。よろしく」

　その一人は顔立ちだけでなく、声も少年のように中性的だった。

少しの沈黙の後、ユルギスは苦笑しながら口を開く。

「……スレイン・ハーゼンヴェリア国王陛下のご活躍は、私のような卑賤の身でも聞き及んでいます。昨年にはガレド大帝国の五千の軍勢を撃退し、今年の春にはほぼ死者を出さずに内乱を収めたと。そのような英傑の影武者にしては、この彼は不適格では？」

「そうだね。二度の戦いを完勝で乗り越えた王と言われたら、もっと逞しくて男らしい人物を誰もが想像するだろう。それなのに、こんな子供のような男が王を名乗って現れた。この事実こそが、僕が本物のスレイン・ハーゼンヴェリアである証明だと思うけれど、どうかな？」

ユルギスはエレーナに向けて尋ねたが、答えたのはスレインを名乗る青年だった。

その落ち着き払った態度と、極めて聡明そうな表情や話しぶりを受けて、彼が一国の王だったとしても不自然ではないとユルギスも思った。

「なるほど。確かにあなたの仰る通りだ。では、あなたこそがスレイン国王陛下だという前提で話をさせていただきましょう」

「理解に感謝するよ、ユルギス殿」

スレインを名乗る青年はそう言いながら、エレーナと代わって椅子に座る。

彼がこうして前に出たことで、後ろに立つ二人の護衛の纏う空気が変わった。表情こそ変わっていないが、明らかに気配が鋭くなった。何かあったら即座に剣を抜き、目の前の青年を守る意思が伝わってきた。

彼ら護衛の態度の変化を見るに、やはり目の前の青年がスレイン国王か。

グルキア人傭兵団長のユルギス・ヴァインライヒは、三十歳前後の男だった。

体格はさして大きくはないが、鍛え上げられた肉体を持っていることがシャツの上からでも見てとれる。美丈夫と呼んで差し支えない容姿だが、表情からはやや気障で軽薄そうな印象を受けた。

気障な笑みを浮かべたまま、ユルギスは目の前に座ったスレインに向けて口を開く。

「それで、国王陛下。あなたはフロレンツ皇子に代わって私たち『ウルヴヘズナル』を雇いたいというお話でしたね？」

「その通りだよ。君たちグルキア人傭兵の強さは、サレスタキア大陸西部で広く知られている。フロレンツ皇子が今企んでいる再侵攻計画は脅威だが、君たちを雇い入れることができればフロレンツ皇子に勝てると僕は考えている」

「……くっ、はははっ！」

スレインが語ると、それを聞いたユルギスは声を上げて笑った。

一国の王に対して相当に生意気なその態度に、スレインの後ろでは臣下たちが気配を鋭くしたのが分かる。しかし、スレイン自身は特に気にしていない。

「いやあ、我々の実力を高く評してくださることは光栄の極みですが……『ウルヴヘズナル』の戦闘員は五十人程度です。フロレンツ皇子は傭兵だけでも数千人を集めようとしていると聞きます。さすがに我々を雇っただけでは、勝敗にさして影響はないかと思いますが」

スレインをやや小馬鹿にしたような表情で、ユルギスは言った。

「それはそうだね。敵との戦力差は絶大だ。フロレンツ皇子が侵攻の用意を整えてから迎え撃っては、我が国に勝ち目はない。だから僕は、敵側にまだ戦力が集まっていない今のうちに先制攻撃を仕掛けることを考えている。そのために君たちを雇いたい」

「ほう、陛下はあのザウアーラント要塞を攻略すると？　かつて統一国家でさえ一度も陥落させられなかった難攻不落の要塞を？」

「その通りだよ」

「何か策がおありで？　よければお聞かせ願えますか？」

ユルギスはスレインを試すような視線を向けながら腕を組んだ。スレインはそれに対して、穏やかな表情を保つ。

「今まで誰もザウアーラント要塞を落とせなかったのは、あの要塞の深い空堀を乗り越えて頑強な跳ね橋や門をこじ開けようとしたり、高く強固な城壁を登ろうとしたりしていたからだ。先に要塞の中に入り、門を開けて跳ね橋を下ろしてくれる者がいれば、攻略はずっと容易になる」

スレインの話を聞いたユルギスの表情が変わる。生意気な笑みは消え、明らかに不愉快そうな感情が浮かぶ。

「かつて統一国家が攻略を試みたときとは違って、今回ザウアーラント要塞を守る戦力は傭兵が多くを占めるだろう。だからこそ要塞内に協力者を作る手段はある。そう考えて、僕は君たちに声をかけた」

「……つまり、陛下は我々『ウルヴヘズナル』がザウアーラント要塞で裏切りをはたらいて門を開け、跳ね橋を下ろすことを望んでおられる？　我々が傭兵の掟を破り、一度契約を結んだ雇い主を裏切り、あなたのために命を懸けることを？」

「そうだよ」

　スレインが涼しい顔で答えると、室内を沈黙がしばし支配する。

　不愉快そうな表情のまま黙り込んでいたユルギスが、攻撃的な笑みを浮かべて口を開く。

「我々は確かに根無し草の傭兵で、グルキア人として巷では蛮族の群れなどと呼ばれてもいますが……それにしても、ここまで舐められるのは久々ですね」

「気を悪くしたかな？」

「ええ、しましたとも。貴きご身分でいらっしゃる陛下にとっては我々など簡単に使い捨てられる傭兵かもしれませんが、こちらにも守るべきものは多くあります。私には傭兵団長として守るべき団員が、グルキア人貴族の末裔として守るべき同胞がいる。そして愛する妻と、食わせるべき子供がいる」

　ユルギスは自身のすぐ傍らに立つ女性傭兵を見上げながら語った。

「家族を守るためには、仕事をしなければならない……我々ほど名の知れた傭兵団が掟を破り、雇い主を裏切ったとなれば、その噂はすぐに広まるでしょう。そうなれば『ウルヴヘズナル』は終わりです。どれほどの報酬を提示されても、このような話はお受けできかねます。我々が傭兵の掟を破るとしたら、それは安住の地でも見つけて今の稼業から足を洗うときくらいでしょうか」

　視線をスレインへと戻したユルギスは、そのまま目を細めてスレインの首元を、ルチルクォーツの首飾りに彩られた白く細い首を見る。

「……こんなくだらない話をしているよりも、今ここで御身を捕らえ、人質にとってザウアーラント要塞に向かう方がいいかもしれません。そうすればフロレンツ皇子もきっと莫大な追加報酬をくださることでしょう」

その言葉に、ユルギスとスレイン以外の全員が殺気立つ。

ユルギスの背後に控える傭兵たちが軽く身構え、スレインの後ろではモニカとヴィクトルが剣の柄に手を触れるのが音と気配で分かった。スレインが横に視線を向けると、エレーナまでもが護身用の短剣をすぐにでも抜けるよう構えを見せている。まさに一触即発の状況だった。

「追加報酬か……一時的なあぶく銭のために、僕が提示する報酬を蹴ってしまっていいのかな?」

「ははは、随分と自信をお持ちのようだ。それでは、あなたは一体どのような報酬を提示できるのですか?」

侮蔑するような表情を浮かべて言い放ったユルギスに、スレインは微笑を返した。

「僕が提示する報酬は、君たちがかつて失ったものだ。統一国家が崩壊した後に、ヴァインライヒの一族が、君たちグルキア人が奪われたもの」

それを聞いたユルギスが固まった。スレインが王として名乗り出たときよりも、より一層呆然とした表情になった。

「かつては帝国との緩衝地帯とされていた、今は王家が管理している、ハーゼンヴェリア王国東部の国境地帯。そこを領地として君に下賜する。そして男爵位も与えよう。君がヴァインライヒ男爵として治め、グルキア人の新たな安住の地を作るといい」

「…………な」

ユルギスの呆けた口からは、そんな間の抜けた声が漏れた。彼の後ろに立つ傭兵たちも、殺気を出すことを忘れて立ち尽くしていた。

スレインはユルギスの表情に、渇望が見てとれた。スレインの提示した報酬――ヴァインライヒ家の末裔としての名誉と、安住の地。それを欲する強烈な欲求が、彼の目から溢れていた。

「……んとまた、大それたご提案を」

さすがは手練れの傭兵団長と言うべきか、ユルギスは間もなく表情を取り繕い、笑みを作る。彼が素の表情を見せたのはほんの数瞬だった。

しかし、その数瞬だけで確信を得るには十分だった。

「何を仰るかと思えば、グルキア人に領地と爵位を？　失礼ながら、正気で仰っていらっしゃるのですか？」

「ザウアーラント要塞を落とし、ハーゼンヴェリア王国のものにできれば、これ以上ないほど心強い防衛拠点になる。要塞さえ維持していれば、それで我が国の領土全てを帝国から守れるのだからね。君を貴族として我が国に迎え、王家が管理する土地の一角を与える。あの要塞を得る対価としては安いものだよ」

「他の貴族の御歴々には何と仰るのです？　傭兵上がりのグルキア人を、同じ貴族の一員として認めろと仰るおつもりで？」

「僕は史上初めてザウアーラント要塞を陥落させた王になるんだ。その揺るぎない成果をもってすれば、貴族たちに一点の我を通すくらいは簡単だよ。それに、グルキア人傭兵の強さは貴族なら誰もが耳にしている。君たちのような存在が、我が国の一員として新たな国境地帯を守ってくれるのなら、これ以上に頼もしいことはない。その利点は貴族たちも必ず理解してくれる」

「なるほど。我々は捨て駒となり、危険な国境地帯を押し付けられると？」

「もちろん、君の領地となる一帯は、今の我が国では最も安全性の低い場所にある。だけどその向こう、国境には我が国のものとなるザウアーラント要塞がある。王国防衛の要となる要塞だ。王家が責任を持って管理し、威信を懸けて守り抜くよ。君もそんな嫌味を言っているけど、本当は理解しているはずだろう？」

ユルギスが生意気な表情で、わざとらしく嫌味を交えながら言葉を並べても、スレインは動じない。穏やかな微笑を保つ。

「君たち『ウルヴヘズナル』は大陸西部では有名だ。ヴァインライヒ家の末裔が名誉を取り戻して安住の地を得ることを欲しているという話は、大陸西部の北東端にあるハーゼンヴェリア王国まで聞こえていたよ。君の先代以前の団長からそうだという噂がね。僕の提案に乗れば、君は一族が数代にわたって望んできたものを全て、手に入れるんだ」

代々の『ウルヴヘズナル』団長であるヴァインライヒ家の末裔が、理不尽に奪われた貴族としての名誉と、同胞を受け入れるための安住の地を欲している。そのような情報を、スレインは外務長官であるエレーナから事前に教えてもらった。

そのエレーナを向いて、スレインは頷く。すると彼女は、懐から一枚の羊皮紙を取り出す。

羊皮紙を受け取ったスレインは、それをユルギスに見せる。

「これほど大きな話を口約束だけで済ませるわけにもいかないからね。今、僕が語った報酬を約束する誓約書だ。僕の署名と王家の印が押されている。戦いの後に僕が約束を破ろうとするようであれば、この誓約書を手にしながら言い広めるといい。ハーゼンヴェリア王は、王家の名において行った誓約を破る男だと。君ほどの人物が言い広めれば僕の評判は瞬く間に地に落ち、僕は大陸西部の諸王や貴族の誰からも信用してもらえなくなるだろう」

スレインの言葉を、ユルギスは黙り込んで聞いている。

「僕の提案を受け入れ、ヴァインライヒ家の復興とグルキア人の未来を掴み取るか。断ってフロレンツ皇子に雇われるか。決めるのは君だ。さあ、決断してくれ。ユルギス・ヴァインライヒ」

スレインはそう言って、ユルギスの返答を待つ。

尚も無言でいたユルギスは、やがて苦笑してスレインを見据えた。

「スレイン・ハーゼンヴェリア国王陛下。畏れながら、あなたは大馬鹿者ですな……分かりました。我々『ウルヴヘズナル』の運命を、そして私の一族の悲願をあなたの策に賭けましょう」

「ありがとう。そう言ってくれると信じていたよ」

スレインが手を差し出すと、ユルギスは力強く握手を返した。

ユルギス・ヴァインライヒとの密談を終えたスレインは、宿屋の裏口に向かう。

ここはスレインの故郷ルトワーレで、宿屋の主人は商人であるエルヴィンの実家と付き合いがあった関係上、スレインも顔見知りだった。主人は聡明で信用のおける人物。金を握らせて念押しすれば、今日のスレインとユルギスの密会を吹聴することはしない。

今や立場が大きく変わった「写本家アルマの倅(せがれ)」が臣下に囲まれて宿屋を出ていくのを、主人は恭しく見送る。スレインは夜中に迷惑をかけたことを主人に詫(わ)びてから、宿屋の裏口から外に出る。

宿屋から出たスレインと、それを囲むモニカたち臣下を、付近で待機していた近衛兵の部隊がさらに囲む。

「全班、直ちに移動だ。密談は成功したが、相手は傭兵。まだ油断するな」

「はっ」

ヴィクトルの命令を伝達するため、近衛兵の一人がすぐに離れる。宿屋の周辺には、日が暮れてから秘密裏に街に入った近衛兵数十人が潜み、もし『ウルヴヘズナル』が牙を剝(む)くようならすぐにスレインを救出できるよう備えていた。

近衛兵たちの警戒は未だ解かれていない。ユルギスが言葉ではあのように言っておいて、今後ろからスレインを急襲し、捕らえてフロレンツのいるザウアーラント要塞まで逃亡しようとする可能性もないではない。

スレインからは見えないが、近衛兵たちは主君の移動に合わせて移動し、スレインが馬車に乗り込んで街を発つまで周辺警戒に務め、馬車が出た後に班単位で夜闇に紛れて街を出る。

「……上手くいったね」

「お見事でした、陛下」

馬車が無事に出たところでようやく安堵し、座席にもたれかかって一息つくスレインに、モニカが称賛の言葉を送る。

「後ろから襲撃してこなかったのを見るに、ユルギスは今のところ本当にこっちの味方をしてくれるつもりみたいだし……彼が契約を果たしてくれるなら、こっちも応えないと」

ザウアーラント要塞の只中でフロレンツ皇子を裏切る。そのような危険な役回りをユルギスが演じてくれるのならば、自分も困難な務め——グルキア人を王国貴族の輪に加えることを、領主貴族たちに納得させるという務めを果たさなければならない。

＊＊＊

九月の上旬も終わりに近づいた頃。ハーゼンヴェリア王家は東部国境の砦に兵を集結させ、ザウアーラント要塞攻略のための軍を編成した。

王国軍二個大隊と近衛兵団、戦闘職の王宮魔導士を基幹に、各貴族領軍から合計でおよそ二百、徴集兵が王領と貴族領から合計で六百。そしてイグナトフ王国の増援部隊が二百弱。総兵力はおよそ千二百となっている。

今回は大兵力を必要とする戦いではなく、兵の頭数よりは練度が求められるため、徴集兵は定期訓練や魔物討伐を経験した王領民が補助戦力として、貴族領民たちは後方要員として運用される予定だった。

兵が揃い、出撃を翌日に控えた夜。スレインは要塞攻略の秘策を説明するため、自身の天幕にトバイアス・アガロフ伯爵とリヒャルト・クロンヘイム伯爵を呼んだ。

情報の流出を防ぐために、策の内容はスレインの重臣たちを除けば東西の貴族閥盟主である彼ら二人だけに、この段になってようやく明かされる。

「……なるほど。ザウアーラント要塞の内部に協力者を。確かにそれであれば、あの難攻不落の要塞も落とせる見込みが十分にありますな」

「陛下のこれまでのご活躍から、今回も何か策をお持ちなのだろうと確信しておりましたが……既に協力者も得ているとは。さすがは陛下です」

作戦の全容を聞かされた二人は、感心した様子で言った。

「それで陛下。要塞内部の協力者とはどのような人物で？」

「グルキア人傭兵だよ。『ウルヴヘズナル』という傭兵団を丸ごと抱き込んだ」

スレインの言葉に、二人は今度は驚きの表情を示す。そしてリヒャルトが口を開く。

「あの蛮族の軍勢ですか……しかし、奴らは傭兵稼業が長く、傭兵なりに誇り高いとも聞きます。どうやって寝返らせたのですか？」

「旧緩衝地帯で、現在は王家が管理している東部国境の一帯。そこを領地として『ウルヴヘズナル』の団長に与えることにした。男爵位も併せてね。団長はかつて、統一国家の貴族だった一族の末裔だ。一族の名誉と同胞の安住の地を得られると言われた彼は、喜んで提案に乗ってくれたよ」

二人の驚きが大きくなったのが分かった。トバイアスもリヒャルトも、目を見開いて啞然としていた。

「……畏れながら、陛下、それは」

「分かっている。君たち二人が言いたいことはもちろん分かる」

先に口を開いたトバイアスを手で制しながら、スレインは説明を始める。

「もちろん君たちは、そして他の領主貴族たちも、グルキア人を貴族として王国に迎えると聞けば忌避感を抱くだろう。だけど考えてみてほしい。この作戦が成功すれば、ハーゼンヴェリア王国はあのザウアーラント要塞を手に入れることができる。あの要塞があれば、帝国からの王国防衛は今よりも遥かに簡単になる。余っている土地をグルキア人に与え、彼らの一人を最下級の男爵として迎えるだけであの要塞を得られるとすれば、対価としては安すぎるほどだ」

感情的にはグルキア人を忌避しながら、理性ではスレインの言うことが尤もだと理解しているのか、二人は黙り込んだ。ザウアーラント要塞さえ奪えれば国防がどれほど楽になるかは、説明されるまでもなく二人にも分かる。

「クロンヘイム卿。すぐ隣にグルキア人の領地が誕生することは、君にとっては懸念事項になるだろう。だけどこうも考えることができる。今まではクロンヘイム伯爵領が王国の東端で、だからこそ昨年の戦いでは君の領地が大きな被害を被った。エーベルハルト・クロンヘイム名誉侯爵の命も失われた。もしクロンヘイム伯爵領よりもさらに東に新たな領地ができれば、そこが対帝国の最前線になる。グルキア人たちの領地を、クロンヘイム伯爵領を守るための壁にできる。これはクロンヘイム伯爵家にとっても大きな利益になるはずだよ」

「……なるほど」

自領がグルキア人の領地と接することになるリヒャルトは、何とも言えない表情で答える。

「それに、普段の治安維持についても心配はいらない。国境地帯はグルキア人に与えるが、国境そのものであるザウアーラント要塞は王家が管理し、防衛のために一定の兵力を常駐させる。すぐ隣に王家の指揮する兵力があればグルキア人たちも下手に暴れたりはできないはずだし、何かあってもすぐに対処できる」

もちろんスレイン個人としては、庇護すべき臣下や民となるグルキア人たちを国境地帯の捨て駒として扱うつもりはない。また、密談の際にユルギスが賢い人間であることは分かった。ユルギスの統率するグルキア人ならば、せっかく得た安住の地を失うような真似をするとも思っていない。

しかし、既存の領主貴族たちを納得させる上で必要と考えたからこそ、あえて国王としてこのような説明をしていた。

「国境にグルキア人を置く利点は理解しました。しかし……」

リヒャルトは言葉では反対を示しづらそうだったが、表情では尚も難色を示す。トバイアスの反応も似たようなものだった。

排他は結束の裏返し。領主貴族の派閥盟主である二人が揃ってこの件に反発を見せているのは、王国貴族たちの間にある程度の同胞意識が形成されていることの証左でもある。だからこそ、スレインも彼らの心情を安易に否定はできない。

なのでスレインは、これまでの自身の功績に裏打ちされた信頼と敬愛、そしてザウアーラント要塞の奪取を成した先に得られるであろう自身の評価を担保にする。

「僕はハーゼンヴェリア王国を、帝国から永遠に守り抜きたいと思っている。だからこそ、僕は史上初めてザウアーラント要塞を陥落させ、奪取する王となる。グルキア人を王国に迎え入れるのはそのための決断だ。君たちに僕の覚悟を認めてもらいたい。どうか頼む」

そう言ってスレインが頭を下げると、リヒャルトとトバイアスは驚きと焦りを見せる。

「陛下、そんな畏れ多い」

「どうか御顔を上げてください」

彼らに言われてスレインは顔を上げる。自身の懇願に対する、彼ら二人の返答を無言で待つ。

「……陛下がそれほどのお覚悟をなされたのであれば、私も王国貴族として異論はございません。戦勝後、他の東部貴族たちにこの件を説明し、必ずや納得させてご覧に入れましょう」

「クロンヘイム卿、君の理解に感謝するよ。アガロフ卿はどうかな?」

「私も、申し上げることはございません。西部貴族たちへの説明はお任せください」

リヒャルトもトバイアスも、主君であるスレインの覚悟に応えた。

帝国の侵攻から一度は国を守り、さらに内戦を犠牲者が皆無に近いかたちで収束させたスレインの、貴族たちからの評価は極めて高い。この上でザウアーラント要塞陥落という偉業を成し遂げれば、スレインは間違いなく後世に名を轟かせる偉大な王となる。

そのスレインが臣下に頭を下げて頼んだ。ここで主君の面子を潰す二人ではない。リヒャルトもトバイアスも必ず王の覚悟に応える。これはスレインの狙い通りの結果だった。

「よかった。それでは、明日からの戦いに備えよう。二人とも今日はよく休んでほしい」

＊＊＊

スレインが貴族たちへの説明を終えた翌朝、ザウアーラント要塞攻略軍はロイシュナー街道へと進入し、要塞の手前に一時布陣した。

エルデシオ山脈の谷間、崖のような斜面に挟まれた街道上に布陣したため、隊列は細く長く伸びている。その最後方で――言い争いが発生していた。

「だから！　我々はこれから重要な軍事行動を起こすと言っているだろう！　今から通られては邪魔だ！　西に戻れ！」

「知るかよ！　俺たちぁ帝国の皇子様に雇われるためにザウアーラント要塞に行くんだ！　通しやがれ！」

後方の指揮を任されているイェスタフ・ルーストレーム子爵が怒鳴ると、対峙する傭兵が負けじと怒鳴り返す。

フロレンツ皇子が大陸西部から傭兵を募集する際、集結期限として布告したのが十月初め。今はまだ期限が迫っている時期ではないが、それでも毎日数十人ほどの傭兵がザウアーラント要塞を目指してロイシュナー街道に入る。

ハーゼンヴェリア王国の要塞攻略軍が街道に入ったこの日も、傭兵たちはおかまいなしに街道を通行しようとし、長い隊列で街道を塞ぐ攻略軍の最後尾と当然のようにぶつかった。

イェスタフは配下の王国軍兵士を横に並べて街道を塞ぎ、足止めを食らった傭兵たちはその日の前まで詰めかけ、今はイェスタフと傭兵の代表者が衝突中だった。

「だいたい、あんたらの頭数は見たところ千かその程度か？　それっぽっちでザウアーラント要塞を攻略できるわけがねえだろう。馬鹿じゃねえのか？」

「貴様！　我らの軍を、スレイン・ハーゼンヴェリア国王陛下の率いる軍を愚弄するのか！」

「本当のことを言っただけだろうが。そもそも大陸西部の小せえ国が、帝国に勝てるわけがねえ」

「おのれ許さん！　斬り伏せてやる！」

「ああん⁉　やれるもんならやってみろや！」

イェスタフたちも傭兵たちも剣を抜き、辺りには一触即発の空気が漂う。

「しょ、商会長……」

「隊列を前に詰めさせろ。急げ」

安全な最後方にいたはずなのに、とんだ騒動を目の前にしてしまったベンヤミンたち酒保商人の商隊が、巻き込まれてはたまらないと現場から距離をとろうとする。

ベンヤミンは国王に随行して死地に立つことには御用商人として利益を見出しているが、開戦前の小競り合いに巻き込まれて怪我（けが）をすることには利益を見出せない。

「おい、何を騒いでいるのだ」

そこへ、緊張感の漂う場にはやや不釣り合いな、落ち着いた声が響いた。後方で騒ぎが起きていると報告を受け、部下数人を連れて様子を見に来た近衛兵団長ヴィクトル・ベーレンドルフ子爵だった。

「ベーレンドルフ卿！　卿らも加勢しろ！　通さんと言っているのに、こいつらが押し通ろうとしている！」

「……まあ待て。こんなところで無駄に戦力を消耗することは陛下も望まれないだろう」

同僚の血の気の多さに呆れてため息を吐きながら、ヴィクトルはイェスタフたちと傭兵たちの間に割って入る。

「おい、お前たち。ここを通ってザウアーラント要塞に行きたいのだろうが、我々の軍事行動が終わるまで待ってはくれないか？」

「馬鹿言わねえでくだせえ。フロレンツ皇子に雇われ損ねたらどうしてくれるんでさぁ。せっかく破格の条件の仕事が目の前にあるってえのに」

「だが、まだ集結の期日までに余裕はあるだろう。こちらの戦いは長くとも数日で終わる。我々が勝とうが、敗北しようがな」

ヴィクトルの言葉を聞いた傭兵は目を丸くした。

「お前たち、割りの良い仕事がなくなる心配をしているということは、我々がザウアーラント要塞を陥落せしめてフロレンツ皇子の軍に勝利すると思っているのか？」

「……いや、とてもじゃねえが、あんたらが勝つとは思えねえですね」

「ならば、数日程度待っていても問題ないだろう。我々が敗北し、壊走でもした後に、空いたロイシュナー街道を通ってザウアーラント要塞に入ればいい。フロレンツ皇子の目的はハーゼンヴェリア王国への侵攻だ。この一度の戦闘で我々が敗北しても、お前たちの仕事はなくならない」

傭兵たちは互いに顔を見合わせ、代表者の男が渋々といった表情で口を開く。

「……ちっ、分かりやしたよ。ここで斬り合いになって死んでもつまらねえ。何日か西の方で待っときまさぁ」

「理解と協力に感謝しよう」

ヴィクトルの言葉に納得して引き下がっていく傭兵たちの背を見ながら、イェスタフは苦虫を嚙(か)み潰したような表情をしていた。

「文句がありそうな顔だな」

「卿は悔しくはないのか？　あいつらは完全に俺たちを舐めているぞ」

イェスタフの問いかけに、しかしヴィクトルは微苦笑を浮かべて首を横に振る。

「たかが傭兵風情に何を言われようが、我が軍の勝敗には関係ない。作戦を成功させて勝てばいいのだ。ザウアーラント要塞を陥落させ、堂々の帰還を果たすついでに、どうだざまあみろとあいつらに言い放てばいいだろう」

「……確かに、卿の言う通りだ」

イェスタフは苦い表情のまま、しかしヴィクトルの言葉が正しいと認めた。

＊＊＊

ガレド大帝国西部における国境防衛の要のひとつ、ザウアーラント要塞。そこでは現在、ハーゼンヴェリア王国再侵攻のための準備が進められていた。

今の時点で集まっている兵力は、帝国西部の皇帝家直轄領を守る常備軍一個軍団のうち、もともと要塞に駐留させていた兵士が三百。そして、フロレンツの募兵に応じた傭兵が大陸西部と帝国内から合わせておよそ七百。合計で千。そのうち常備軍兵士二百と帝国出身の傭兵百が、侵攻に向けた物資輸送など後方作業に回っている。

そして、フロレンツの直衛である常備軍兵士の百と、傭兵の残り六百が、要塞の防衛に充てられている。ハーゼンヴェリア王国が要塞に先制攻撃を仕掛けてきた場合への備えとして。

後方作業に常備軍兵士の方が多く充てられているのは、大量の金や物資を扱う作業に傭兵ばかりを充てると、傭兵たちがものだけ奪って行方をくらませる危険があるためだった。

また、今回フロレンツが大陸西部から多くの傭兵を集めようとしているのは、帝国領土内であまり大々的な募兵を行うと、皇帝である父に借金の件を気づかれるのが早まるため。

皇帝家の名を無断で借りて貴族から金を集めたことを、侵攻成功の報よりも先に父に知られたくない。なのでフロレンツは、帝国領土では自身が治める西部直轄領の狭い範囲でのみ募兵をしている。

こうすれば、遠く帝都にいる父に募兵の件を知られるまでかなりの猶予を得られる。

大将を務めるフロレンツ自身も、数日前から既に要塞へと入っていた。兵力が本格的に集結を果たすのはあと一、二週間ほど後だが、自ら総指揮を担って大侵攻をするという高揚感から、居ても立ってもいられずに要塞で過ごしていた。

そして、九月中旬に入ったばかりのこの日の午後。哨戒に出ていた兵士より、ハーゼンヴェリア王国の軍勢がロイシュナー街道を進み、要塞に接近しているという報告が入った。

「可能性のひとつとして一応は想定していたが、まさか本当に要塞攻略を試みるとは……さすがはモルガンの指揮する軍を撃破したスレイン・ハーゼンヴェリア国王だ。なかなか度胸があるな」

自ら要塞の西側城壁に上がったフロレンツは、遠く視認できる敵軍の先頭を見て楽しげな表情で言った。

「だが、報告では敵軍の総数は千と少しだったか？　ザウアーラント要塞を攻略するにしてはあまりにも足りないだろう」

「皇子殿下。敵は所詮、人口わずか五万の小国の王です。平民上がりのハーゼンヴェリア王が要塞攻略などという無謀を試みても、集まる兵力などたかが知れているのでしょう。期待し過ぎるのは酷なことかと」

横からそう語ったのは、フロレンツの参謀として付いている常備軍の軍団長。その言葉はスレインを完全に馬鹿にしたものだった。

「そうか、それもそうだな……まったく、小国の王というのは何とも困難の多そうな立場だ」

フロレンツはスレインと顔を合わせたときのことを思い出しながら、彼を気の毒に思って呟く。

愛妾の子として宮廷社会で嫌な思いもしてきたフロレンツは、平民から王になってそれなりに上手くやっているスレインを個人的には嫌っていない。

しかし、個人的な親近感や同情心と、第三皇子としての野心は別。すぐに気持ちを切り替える。

「こちらは難攻不落のザウアーラント要塞に七百の兵力、敵は要塞攻略のために千二百の兵力。万が一にも負けるとは思わないが、諸君はしっかりと要塞を守ってくれ」

フロレンツはそう言って、自身と共に城壁上で敵軍を眺める隊長格の者たちを向いた。

「特にユルギス。蛮族たるグルキア人のお前たちに高い金を払ってやったのだ。報酬分は成果を示してくれるのだろうな?」

現在集結を果たしている傭兵の中では最も名高く、常備軍の軍団長と並んで要塞防衛の責任者に任命されているユルギス・ヴァインライヒ。フロレンツから名指しで言われた彼は、不敵な笑みを浮かべる。

「お任せください、第三皇子殿下。この要塞防衛においても、その後のハーゼンヴェリア王国侵攻でも、いただいた報酬以上の働きを必ずや成してみせましょう」

「ははは、凄い自信だな。本当に報酬以上の目覚ましい働きをしてくれたら、そのときは追加報酬としてお前の望むものを何かくれてやってもいいぞ」

「……それはありがたいお言葉です。では、我々グルキア人に安住の地たる領地と、グルキア人貴族の末裔たる私に爵位をいただけると誠に嬉しく存じます」

フロレンツの言葉に、ユルギスは笑みを浮かべたままそう返す。

「くっ、ぶはははっ！　矮小な大陸西部の国々からも蛮族として蔑まれるグルキア人風情に、偉大なる帝国が領地と爵位を下賜か！　お前は冗談が上手いなぁ！」

声を上げて笑いながら遠慮なくグルキア人を侮蔑するフロレンツに対して、ユルギスも笑みを崩さない。

「はあ、楽しい冗談だった。笑わせてもらったぞ……だが、冗談は冗談までにとどめておけよ」

「もちろんです殿下。卑賤なグルキア人として、身のほどはわきまえております」

笑い泣きの涙を指で拭うフロレンツに、ユルギスは前を向いたまま答えた。

＊＊＊

「なるほど。僕は直に見るのは初めてだけど、確かに立派な要塞だね」

街道を塞ぐように鎮座するザウアーラント要塞を眺め、スレインはそう感想を呟いた。

石材を組み上げた城壁の高さは、スレインが暮らす三階建ての城館とほぼ同じ。城壁上には固定式のバリスタが十台以上も設置され、さらには頑強そうな塔が計四基も備えられている。

また城壁の前には、肉体魔法でも使わなければ飛び越えられないほどに幅広い空堀もある。スレインたちのいる街道上から要塞までは緩やかな下り坂になっているので、空堀の中に尖らせた木の杭が無数に立ててあるのも見えた。

空堀を渡る唯一の手段である跳ね橋は、当然ながら今は上がっている。

「要塞の完成度の高さもさることながら、やはり厄介を極めているのは置かれた場所でしょう。あの要塞を落とすとすれば圧倒的な兵力をぶつけるしかありませんが、このような地形では大軍で一気に攻めることは叶いません。こうしてあらためて目の当たりにすると、悔しいかな見事な防衛拠点です」

スレインの横でザウアーラント要塞を見据えながら、ジークハルトが語った。

ザウアーラント要塞はエルデシオ山脈の谷間の中でもやや幅のある場所に建てられているが、それでも一度に何千人もが押し寄せて攻めることは地形的に叶わない。この地形こそが、ザウアーラント要塞を難攻不落たらしめる最大の要因だった。

かつて大陸西部に存在した統一国家もこの要塞を落とすために様々な策を考えたが、その尽く(ことごと)が失敗に終わったと歴史書には記されている。

城壁を飛び越える風魔法使いや空堀を跳び越える肉体魔法使いをかき集めて攻めても、絶対数が足りずに各個撃破されて失敗。

崖のような山の斜面を駆け下りて要塞の側面から侵入することも試みられたが、ほとんどの兵がただ崖を転げ落ちるのみとなり、精鋭数百人が死んで失敗。

手練れの火魔法使いをかき集め、百発を超える強力な火魔法を撃ち込んでも、石造りの城壁や内部の施設は火炎の猛攻に耐え抜いたという。

「古(いにしえ)の名だたる為政者たちがこの要塞に敗れ去っていった中で、次に挑戦するのが僕か……敵の内側に裏切り者を作っての攻略は、果たして上手くいくかな」

情勢のせいとはいえ、平和を愛するはずの自分が戦争の歴史を塗り替えるような挑戦をしようとしている。その事実を前に、スレインは自嘲気味な笑みを浮かべた。

「何を弱気なことを言っている。我こそがあの要塞を落とす最初の王になってやろう、と啖呵を切ってみせればいい」

スレインの横、ジークハルトとは反対側に立ちながらそう言ったのは、オスヴァルド・イグナトフ国王だった。

「もちろん私も心の中ではそれくらいの意気込みでいますが……というかイグナトフ王、本当に要塞攻略の戦闘まで加わってくれるのですか？」

「当たり前だ。貴殿の策で、ザウアーラント要塞を史上初めて落とせるかもしれないのだぞ？　これほど意義深く面白そうな戦いに参戦しないわけがないだろう。我が国の軍人たちも、歴史に刻まれる戦いに臨めることを喜んでいる」

「……心強い限りです」

生粋の武人であるオスヴァルドらしい言葉に、スレインは苦笑交じりに返した。

そのとき、スレインたちのもとに、腕に鷹のヴェロニカを止まらせた筆頭王宮魔導士のブランカが歩み寄ってくる。

「陛下、あのグルキア人傭兵団長から合図がありました。今夜作戦を決行するそうですよ」

「報告ご苦労さま……そうか。今夜にはもう決行できるのか」

要塞内にいるユルギスから合図を受け取る方法は、至極簡単。

あらかじめ定められていた仕草をユルギスが屋外でとり、それを鷹のヴェロニカが上空から確認すれば、その日の夜に作戦が決行される。ただそれだけ。この確認方法であれば、要塞内の状況を詳しく知るユルギスに決行日を決めてもらうことができる。

「ジークハルト。今のうちに兵士たちを休ませておいて。日が暮れたらいつでも動けるように」

「御意」

ユルギスが決行できると判断するまでに数日を要する可能性も想定されていたが、早いに越したことはない。スレインがそう考えながら言うと、ジークハルトは敬礼で応えた。

それから数時間後。日が暮れて要塞からこちらが見えづらくなったところで、攻略軍は本格的に戦闘用意を開始する。行軍の列は最初から要塞への突入順に並んでいたので、各々が武器を取り、部隊内で隊列を整え、後は静かに覚悟を決めるだけでいい。

準備を済ませた攻略軍は、戦闘開始の時を待つ。

五章　要塞攻略戦

CROWNED RUTILEQUARTZ

日が暮れたザウアーラント要塞の内部で、ユルギスは西の城壁上に立っていた。

「よおグルキア人。ハーゼンヴェリア王国の奴らは本当に夜襲を仕掛けてくると思うか？　こんなクソ暗い夜の谷間でよ」

隣に立つ別の傭兵団の男から話しかけられ、ユルギスは笑いながら首を横に振る。

「敵さんがどう動くかなんて、俺にも正確なところは分からんよ。ただ、フロレンツ皇子殿下には高い報酬をもらったからな。将の一人に任命された以上、念入りに備えるのも仕事のうちだ」

今日の昼間。ユルギスはフロレンツに、ハーゼンヴェリア王国の軍勢による夜襲の可能性を考慮するべきだと進言した。

他の傭兵たちからは、夜間に足場が悪い中で敵が攻城戦を試みるとは考え難い、という意見も出た。ユルギスはそれでも念のためにより多くの兵を夜警に充てることを提案し、最終的にはフロレンツの了承を得た。

その上で、発案者である自らが夜警の指揮を務めることを申し出、自身が指揮する『ウルヴヘズナル』の全員を夜警の人員に加えた。

現在、要塞内で夜警要員として起きているのは百人ほど。そのうち三十人強は兵舎の中で休憩をとっており、七十人弱が屋外に立って警備を務めている。

七十人弱の中に、『ウルヴヘズナル』の団員は全員が含まれている。

「お頭、そろそろいいのでは？」

「……そうだな」

部下に言われたユルギスは、不敵な笑みを浮かべて答えた。夜警の人員以外は既に寝静まった頃合い。『ウルヴヘズナル』の団員たちも皆が屋外にいる。今が決行の好機だった。

ユルギスと部下の会話に訝しげな表情を浮かべた別の傭兵団の男は、ユルギスが凄まじい速さで抜いた短剣に喉を刺し貫かれ、声を失って目を見開く。

「なんだ？　休憩してる奴らとの交代にはまだ早——っ!?」

ユルギスが短剣を引き抜くと、男の喉から血が噴き出す。松明の灯りだけが光る夜の城壁上で、

「悪いな。あんたに恨みはないが……同胞の未来がかかってるもんでね」

びしゃり、と血の飛び散る音が小さく響く。

近くには他にも『ウルヴヘズナル』の団員でない傭兵が二人ばかりいたが、どちらもユルギスの部下によって首をかき切られ、既に絶命していた。

この場の敵は片づけた。それを確認したユルギスは短く鋭い口笛を吹く。それを合図に『ウルヴヘズナル』の団員たちは動き出す。

屋外に出ている傭兵のうち、『ウルヴヘズナル』の団員でない者たちが次々に殺されていく。味方に突然牙を剝かれ、それも相手が手練れ揃いということもあり、傭兵たちは声を上げる間もなく

死んでいく。

そうして邪魔者を排除した『ウルヴヘズナル』の団員たちは、要塞の跳ね橋を下ろしにかかる。

ここだけは常備軍兵士が直接警備を担っている、跳ね橋の引き上げ機のもとへ急ぎ移動し、二人いた常備軍兵士を瞬く間に殺す。

そして、引き上げられていた跳ね橋の固定を解く。跳ね橋は上げるときは人手がいるが、下ろすだけなら数人で事足りる。

鎖の軋む重い音が響き、跳ね橋が下りていく。


夜も更けた頃、要塞の様子に動きがあった。鎖が軋む重い音が響き、跳ね橋が下り始めた。

「ブランカ」

「了解です！」

スレインに名を呼ばれたブランカは、鷹のヴェロニカを飛ばす。ヴェロニカは要塞上空を一回りするように飛ぶと、ブランカの腕へと舞い戻る。

「陛下、要塞内で敵の大軍が待ち構えてるようなことはありません」

ヴェロニカと数秒視線を交わしたブランカが、そう報告する。

もしユルギスがこちらを裏切ってフロレンツに作戦の情報を漏らせば、こちらは要塞に突入したところで待ち構えられ、包囲殲滅されてしまう。ブランカによる偵察のおかげで、その危険はないことが分かった。

スレインたちがこうして要塞内の状況を確認している間に跳ね橋は完全に下ろされ、今度は門が開かれる。重い木製の門がゆっくりと開かれ――ザウアーラント要塞への突入を阻むものはなくなった。

それを認めたスレインは、首飾りに手を触れながら口を開く。

「突入」

「第一隊から突入！　突き進め！」

スレインの指示を受けてジークハルトが声を張り、隊列最先頭の部隊が動く。

王国軍の正規兵によるこの部隊を率いるのは、イェスタフ・ルーストレーム子爵。指揮官のイェスタフ自身を先頭に騎兵がおよそ二十。その後ろに続く歩兵が百八十。さらにここへ、ツノヒグマのアックスを連れたブランカも随行する。

本来、夜襲というのは作戦の中でも極めて難しい部類に入る。

指揮官が周囲の状況を把握して的確に命令を下すことで、軍隊は初めて効果的に動ける。夜間は指揮官による状況把握が極めて難しく、まともな部隊行動をとるのは至難の業となる。

夜襲が叶(かな)うのは、開けた平原で少数の部隊が敵の野営地を奇襲する場合などに限られる。月明かりの届きづらい山の谷間で、月が満ちているわけでもないこの時期に、幅のある空堀や高い城壁に守られた要塞を攻めるなどまず不可能。

しかし今は状況が違う。ほぼ真っすぐな一本道を、松明に照らされた要塞の、開け放たれた門まで進むだけ。内部に協力者がいるからこそ、要塞への夜襲という極めて難しい作戦が容易に実行される。

イェスタフたちは空堀を渡る橋を駆け抜け、そのまま門を潜る。城壁に囲まれた広い空間の中に兵舎や倉庫が並んだ要塞内部へと踏み入る。

あちらこちらに松明が置かれているため、要塞内は夜でも周囲を見渡せる程度には明るい。開け放たれた西門の周りには、『ウルヴヘズナル』の傭兵たちが集まっていた。

「ハーゼンヴェリア王国の皆さん！　ようこそザウアーラント要塞へ！」

「状況は⁉」

ユルギスによる出迎えがてらの軽口を無視し、イェスタフは怒鳴るように尋ねる。

「跳ね橋を下ろして門を開ける音で、さすがに他の兵士たちも異変に気づき始めましたよ。まだ大騒動にはなってませんが、これから続々と集まってくるはずです……ほら、手始めに司令部の建屋の中で起きてた奴らが来ました」

攻撃を受けた際の被害分散のためか、要塞内の建物は一か所に固まっておらず、ばらけて建てられている。そのうちの一つ、一棟だけ灯りのついている建物から、夜警の交代要員として起きていた三十人ほどの傭兵がぞろぞろと出てくる。

開け放たれた門からハーゼンヴェリア王国の軍勢が侵入していることに気づいたらしい彼らは、他の兵を起こそうと大声を出し始める。

「グルキア人傭兵はここにいる分で全員か⁉」

「仰る通りです。ここにいる以外は全員敵。いくらでも殺して構いません」

「よしっ、騎兵は俺に続け！　歩兵はこのままこの一帯を確保！　後続のために場所を作れ！」

短く指示を飛ばしたイェスタフは、そのまま二十騎を率いて駆ける。味方を起こそうと叫んでいる三十人ほどの傭兵のもとへ突撃し、蹴散らす。

「いいかい！　あの建物の中にいるのは敵だ！　全部殺していい！　危ないと思ったら帰ってくるんだよ！　ほら行きな！」

イェスタフが騎乗突撃を敢行する一方で、ブランカはアックスに指示を伝えてその横腹を叩く。弾かれたように駆け出したアックスは、要塞西門から最も近い兵舎の中に飛び込む。

直後、その兵舎の中から大絶叫が響く。

要塞内の異変に気づいたとしてもまだ戦闘準備も終えていない傭兵たちが、狭い屋内でツノヒグマと無防備に対面したらどのような目に遭うか。兵舎内の惨状は想像に難くない。

こうして第一隊が西門の周辺を確保したところへ、各貴族領軍やイグナトフ王国の部隊、そしてクロスボウを装備した徴集兵部隊が突入してくる。王国軍が正面を、貴族領軍と徴集兵部隊が右翼側を、イグナトフ王国軍が左翼側を守る半円の陣形が作られる。

この頃には、分散して建てられている兵舎の中から戦闘準備を終えたらしい敵の傭兵たちが飛び出してくる。数人から十数人単位で屋外に出てきた傭兵たちは、敵が大挙して侵入している様を目の当たりにすると、近くの者同士で集まって即席の部隊を組む。

それら部隊の規模が数十人程度であるうちに、ハーゼンヴェリア王国側の要塞攻略軍は動く。

「構え！」

陣形の右翼側で声を張るのは、徴集兵によるクロスボウ部隊の指揮をとるリヒャルト・クロンヘイム伯爵。リヒャルトの言葉に従い、およそ八十人のクロスボウ兵のうち半数が膝撃ちの姿勢をとる。

このクロスボウ兵たちは、定期訓練と魔物討伐を経験した王領民。その動きは、彼らが徴集兵であることを考えると及第点以上だった。

「放て！」

そのかけ声で第一射が実行され、四十の矢が空気を斬り裂いて飛ぶ。即席の部隊で隊列を整えようとしていた敵傭兵のうち、二十人ほどが矢に当たって倒れる。

「交代！　……放て！」

クロスボウ兵たちが前後を交代し、残る四十人が一斉射を行う。敵傭兵は盾を構え、あるいは一射目で倒れた味方の身体を盾にしていたが、それでも十人ほどが矢を防ぎきれずに倒れた。

「突撃！　残る敵を左右から挟撃しろ！」

連続での一斉射を終えたクロスボウ兵が装塡を急ぐ一方で、今度はトバイアス・アガロフ伯爵の命令を受けた貴族領軍の混成部隊が前に出る。クロスボウ隊の左右から、残る二十人ほどの敵傭兵を囲むように前進した混成部隊は、数にものを言わせて敵の殲滅を達成する。

役目を果たした混成部隊は徒に突出して陣形を崩すことはせずに、一度退いて隊列を整える。クロスボウ兵たちは、次の斉射のために装塡を急ぐ。

その間にも、新たな敵が兵舎から飛び出してくる。それに対して牽制するのは、ハーゼンヴェリア王家に仕える王宮魔導士たち。火魔法使いが魔法攻撃によって敵の接近を防ぎ、風魔法使いは突風で敵が放つ矢を防ぐ。あるいは味方の炎の勢いを増す。

魔法使いたちの援護を受けて態勢を整えた右翼側の部隊は、再び攻撃に移る。クロスボウ兵が斉射で敵を削り、貴族領軍の混成部隊が残った敵を殲滅する。

「……まさか、この私がエーベルハルトの倅と肩を並べて戦うことになるとはな」

「敵の敵は味方、とはよく言ったものですね」

本来は仲が悪い王国東部と西部の貴族閥盟主が、仲良く並んで戦いを指揮している。数年前ならあり得なかったであろう状況を前に、リヒャルトとトバイアスは皮肉な笑みを浮かべた。

同じ時、陣形の左翼側ではイグナトフ王国の部隊が目の前に現れた敵傭兵の一隊に先制攻撃を仕掛ける。イグナトフ王家の直臣や、自ら参戦している領主貴族が指揮をとり、多数をもって少数の敵を殲滅していく。

そして陣形正面は、敵の初動部隊を蹴散らして戻っていたイェスタフ率いる王国軍が守る。ハーゼンヴェリア王家が誇る正規軍は、自ら先頭で剣を振るうイェスタフの指揮の下、目の前に現れた敵傭兵の小部隊を各個撃破していく。

「難攻不落のザウアーラント要塞がこれほど呆気なく……内部に協力者がいるだけでここまで簡単に落とせるものなのか」

制圧の進む要塞内に、側近と近衛兵に囲まれて入城しながら、スレインは半ば呆然として呟く。

スレインたちの後ろに続く兵はいない。残りの徴集兵は、ハーゼンヴェリア王国内で待たされている傭兵たちが万が一後ろから邪魔をしてきたときに備え、後方警備に努めさせている。

「どれほど堅牢な要塞も、内側から攻撃を受けることは想定していません。此度の陛下のご発案も、いやはやお見事でした」

「初めてザウアーラント要塞を落とした王として、どうやら歴史に名を刻むことが決まったな。ハーゼンヴェリア王」

スレインの両側では、ジークハルトとオスヴァルドが勝利を確信した様子で言った。

スレインが傍らを振り向くと、モニカが無言で視線を返し、頷いてくれる。

「陛下。要塞奪取はほぼ叶いました。後はフロレンツ皇子の殺害か身柄確保が叶えば——」

そのとき。ジークハルトの言葉を遮るように爆炎が二発、轟音を上げながら要塞内に光った。

スレインたちから見て十時の方向。そこにある兵舎の窓から放たれたらしい火魔法の攻撃が、前進して兵舎に迫っていたイグナトフ王国の兵士を十数人ほど吹き飛ばす。着弾と同時に炸裂する火球、俗に『火炎弾』と呼ばれる技だった。

熱と爆風が生んだ隙をついて、兵舎から飛び出してきたのは帝国常備軍の鎧に身を包んだ百人ほどの兵士たち。加えて、統率のとれた動きを見せる数十人の傭兵もいた。

帝国の魔導士と常備軍、そして精鋭らしき傭兵による、おそらくこの要塞で最後のまとまった敵部隊。まず間違いなく、大将フロレンツを擁する部隊。

「スレイン・ハーゼンヴェリア！　君もなかなかしつこいな！　そろそろ素直に負けてくれると嬉しいのだが！」

ざわめく戦場の中で、敵部隊の方からフロレンツのそんな呼びかけが聞こえた。

「……しつこいのはあなたの方だよ、フロレンツ・マイヒェルベック・ガレド」

スレインは声を張ることはなく、自分にだけ聞こえるよう抑えた声で答える。

「ジークハルト。あの部隊を殲滅してフロレンツ皇子を殺すか捕らえられる？」

「もちろんです。敵は所詮、二百にも満たない小勢。数の有利を活かして包囲すれば、逃がすことは……っ！」

ジークハルトはそこで言葉を切り、焦りの表情を浮かべる。フロレンツを擁する敵部隊が、息を合わせて一斉に突撃してきたためだった。

「ルーストレーム卿！　左翼の右側面を守れ！」

「おい、右に向き直って敵を迎え撃て！　急げ！」

ジークハルトが王国軍に、オスヴァルドがイグナトフ王国の部隊に向けて叫ぶ。

敵部隊はハーゼンヴェリア王国軍が守る正面と、イグナトフ王国の部隊が守る左翼側のちょうど境界、防衛の担当範囲が曖昧な箇所を目がけて突撃してくる。

数がやや少なく、目の前の敵を殲滅しながら前進したことで少しばかり突出していたイグナトフ王国の部隊。その右側面を食い破ってそのまま中央のスレインたちに迫るつもりのようだった。

掲げられた旗や兵士の装備、隊列の動きからこちらの部隊の切れ目を見抜き、大将であるフロレンツを抱えた状態で突撃を敢行する。そうすることで、スレインを仕留めて逆転勝利を狙う。一瞬でそれだけの決断を下した敵の指揮官も、大将の自分ごと突撃することを許したフロレンツも、敵ながらなかなか見事な度胸だった。

スレインをモニカとジークハルトが守り、オスヴァルドが戦闘に備えて剣を抜き、それらをヴィクトル率いる近衛兵団が囲む。ハーゼンヴェリア王国の最精鋭たる近衛兵たちも、百人を超える敵部隊がまともに突き進んできたならば、それを防ぐ壁としてはあまりに薄い。敵部隊が迫ってくる左前方を見据え、スレインは表情を険しくする。

イグナトフ王国の部隊の右側面を突き破ろうと迫る敵部隊の、さらにその左側面を突いて突撃の勢いを挫こうと、イェスタフ率いる王国軍の騎兵およそ二十騎が駆ける。疾走の勢いそのままに突入しようと試み――そこへ、敵部隊の只中から火魔法が放たれる。

それは火炎の放射だった。こちらの騎兵部隊を倒すのではなく、自部隊に近付けさせないための攻撃だった。二十騎の騎兵を押しとどめられるほど広範囲に炎をまき散らしながら、自部隊と共に前進するのは容易ではない。敵の魔導士も相当の手練れだと分かる。

こうなると、騎兵によって敵部隊の突撃を阻むことはもはや叶わない。イグナトフ王国の部隊は急ぎ右を向こうとしているが、急な方向転換に隊列が混乱を見せており、尋常でない勢いで突撃してくる敵部隊を受け止められるかは分からない。

このまま突破されてしまうか。スレインがそう思ったとき。

「俺たちの未来がかかった戦いだ！　『ウルヴヘズナル』、グルキア人の誇りを見せろ！」

ユルギスの鋭い叫びが聞こえ、遊撃隊として動いていた『ウルヴヘズナル』の五十人が、突撃してくる敵部隊の真正面に躍り出た。

彼らは獣のような叫び声を上げながら戦場を駆け、敵部隊の先頭と激突する。

「……凄いね」

「はい。まさに鬼神の如き戦いぶりです」

呆気にとられるスレインに、モニカがそう同意を示す。

陣形の最後方にいるスレインたちから見ても、ユルギスたちの戦いぶりは凄まじいと分かった。並の傭兵の二倍強いと語られるグルキア人傭兵。その評判は伊達ではなかった。

「王国軍！　敵部隊を囲め！」

「イグナトフ王国の戦士たちよ！　後れを取るな！」

ユルギスたちの奮戦で敵部隊の勢いが削がれたその隙を逃さず、ジークハルトとオスヴァルドが命令を下す。王国軍とイグナトフ王国の部隊がそれぞれ動き、王国軍は敵部隊の左側面を、イグナトフ王国の部隊は右側面を包囲しにかかる。

このまま完全包囲を成し、後はフロレンツごと敵部隊を磨りつぶすのみ。誰もがそう考えたところで、しかし敵もまだ諦めなかった。

「全員、八時の方向に転進！　突き進め！」

敵部隊の実質的な指揮官、常備軍の軍団長格と思われる立派な鎧の騎士が叫ぶ。その命令を受けて、敵部隊はこちらへの突撃を止め、王国軍の隊列を破って強引に包囲網を突破しようと図る。

急いで包囲したために、こちらから見て右の奥側に位置するそこは歩兵の層がやや薄かった。帝国の常備軍兵士たちは鬼気迫る勢いで包囲網の突破を果たすと、一塊になってそのまま要塞の東門――帝国領土へと続く門に向かう。

門の前には、突撃してきた敵部隊とは別、要塞の厩(うまや)から急いで馬を引っ張り出してきたらしい数騎の敵騎兵がいた。騎兵との合流を果たした敵部隊は、一人の騎兵の後ろに豪奢(ごうしゃ)な装いをした男を乗せる。それがフロレンツであることは明らかだった。

「フロレンツ皇子が逃げるぞ！　止めろ！」

イェスタフが命令を下し、東門に最も近い位置にいる王国軍の騎士と兵士たちが殺到する。それを、敵部隊が迎え撃つ。

「皇子殿下を逃がせ！　帝国への忠誠を見せろ！　うおおおおぉっ！」

敵の指揮官が絶叫し、馬上のイェスタフに飛びかかる。イェスタフは素早く剣を振るうが、敵の指揮官は傷を負うことを厭(いと)わず、イェスタフの腰にしがみついた。

イェスタフは馬上で姿勢を保っていられずに落馬。地面に叩きつけられた彼に敵の指揮官がのしかかり、予備の武装である短剣を抜く。落下の衝撃からすぐには立ち直れず、腕ごと上半身を押さえつけられているイェスタフに抵抗の術はない。

やられるか、とイェスタフが思った刹那。短剣を振りかぶった敵の指揮官、その腕と共に首が刎(は)ね飛ばされた。

剣を一閃(いっせん)したのはユルギスだった。首を失った敵の指揮官の身体をイェスタフの上から蹴り飛ばしてどけたユルギスは、どこか得意げな微笑を浮かべて手を差し出す。

「ご無事ですか」

「……ああ。助かったぞ」

素直に手を借りて立ち上がったイェスタフは、周囲を見回す。王国軍に追いついた『ウルヴヘズナル』の傭兵たちが、王国軍騎士や兵士たちと肩を並べて戦っていた。戦闘開始の直後から戦い続け、最も疲労が溜まっているであろう彼らは、それでも最前線に立って武器を振るっていた。

イェスタフは無言で自身の剣を構える。その隣で、ユルギスは片手で剣を握り、独特の構えを見せる。

ハーゼンヴェリア王国貴族である将と、根無し草のグルキア人傭兵団長。何もかもが違う二人が互いの隣を守るように並び、最後の抵抗を試みようと迫りくる敵兵に斬りかかる。

イェスタフは騎士の剣術の王道に則り、堅実な戦い方で敵兵を一人また一人と倒す。防御力の高い全身鎧を活かし、ときには敵兵の攻撃をあえて鎧で受け止めながら戦う。

その周囲を守るように、ユルギスは軽快に立ち回る。イェスタフの死角に回り込もうとした敵兵に素早く迫って斬り伏せ、その直後にはまた立ち位置を移動して迫りくる敵兵を牽制する。

そのような光景が至るところでくり広げられる。ハーゼンヴェリア王国軍の正規軍人たちが戦列を組んで前進し、その隙間から援護するように、グルキア人傭兵たちが自在に立ち回る。

そうして、東門の半包囲がじわじわと狭められていく。敗北はもはや明らか。それでも帝国常備軍は抵抗し続ける。数倍の戦力差がありながら戦うことを止めない。血にまみれ、手足を失っても目の前の相手に食らいつくようにして抵抗を続ける。

泥沼の殲滅戦は、その只中にいるイェスタフたちには実際の時間以上に長く感じられた。仕える皇族のために命を捧げた常備軍が文字通り全滅し、その抵抗に付き合っていた傭兵たちが降伏し、戦いはようやく終わった。

立ちはだかる者がいなくなり、要塞の東門の前が空いたときには、フロレンツを連れた敵騎兵はとうに逃げ去っていた。

「陛下。今からフロレンツ皇子を追うこともできますが、いかがいたしましょう」

ジークハルトに言われたスレインは、少し考えて首を横に振る。

「いや、止めておこう。要塞より東はどうなっているか分からない。フロレンツ皇子は敵後方の部隊と既に合流しているかもしれない。欲は出さないでおこう。要塞の守りを固めて、負傷者の手当てを始めてほしい」

「御意。……申し訳ございません」

フロレンツを逃したことを将軍として詫びるジークハルトに、スレインは微笑んで首を横に振る。

「いや、本命の目標は達成した。ザウアーラント要塞を奪取した。それで十分だ」

＊＊＊

ザウアーラント要塞にいた敵兵七百のうち、実に半数以上が戦死した。帝国常備軍はフロレンツを連れて逃げた者以外は全滅し、傭兵も三百人以上が死んだ。

残る傭兵のうち半数は、フロレンツが逃げるより早く東門から逃走。もう半数が降伏した。知らない土地である帝国領土に逃げることはためらわれたのか、降伏した傭兵の多くは大陸西部出身の者だった。

そして、ハーゼンヴェリア王国側の要塞攻略軍にも少なからず犠牲が出た。

王国軍兵士は九人が、貴族領軍兵士は十二人が、徴集兵は三人が死亡。イグナトフ王国の部隊からも八人の死者が出た。

無謀なほど果敢に戦った『ウルヴヘズナル』の傭兵たちは、五十人のうち実に十二人が死んだ。損耗率では他のどの部隊よりも高かった。

各部隊の負傷者は、比較的軽傷の者も含めれば死者の倍に及ぶ。

ツノヒグマのアックスも単独でおよそ三十人の敵兵を殺戮(さつりく)したが、前脚を負傷し、しばらく戦闘には参加できなくなった。

イェスタフも戦闘後に足の痛みを訴え、医師と魔道具による診断の結果、足の骨にひびが入っていることが分かった。強力な治癒魔法による治療を受けたおかげで後遺症は出ないが、しばらくは軍務に復帰できない。

「……国王陛下。敵の大将首を取り逃がしました。面目次第もございません」

足以外にも傷をいくつも負い、医師からしばらくの安静を命じられているイェスタフが、見舞いに来たスレインを見るなりそう言って立ち上がろうとする。

スレインはそんなイェスタフに座ったままでいるよう命じ、自身も椅子に座った。

「謝る必要はない。君たちはよく戦ってくれた。ザウアーラント要塞の奪取という偉業を成し遂げられたのは、君たちの奮戦のおかげだ。王として君たちを誇りに思う」

「……勿体（もったい）なきお言葉です」

なおも悔しげな表情のイェスタフにゆっくり休むよう言い、スレインはその他の負傷者にも声をかけて回る。そうして見舞いを終え、医務室代わりの兵舎の大部屋を後にするスレインに、モニカとヴィクトル、数人の近衛兵が続く。

そこへ、ジークハルトが歩み寄ってくる。

「状況はどうかな？」

「要塞の防衛準備は概（おおむ）ね問題なく進んでおります。今しばらく時間を要しますが、斥候とブランカによる偵察では、帝国に要塞奪還の動きはありません。ご心配はもはや無用かと」

スレインの問いかけに、ジークハルトは現状をそう報告した。

ザウアーラント要塞を奪取して既に二日。スレインたちは未だゆっくり休む暇もなく、戦いの後処理に追われている。

捕虜とした傭兵たちには、司令部建屋の金庫に保管されていたフロレンツの軍資金らしき金貨銀貨の山から彼らが今月受け取る予定だった給金を配ってやり、要塞外で解放。

今月前半のうちに相場より高い月給を丸ごと受け取った彼らは、文句を言わず、暴れることもなく、各々の本拠地である地域へと帰っていった。

それでも余った金――実に二千万レブロ以上になる――は、兵を出した比率に応じてオスヴァルドや領主貴族たちと分け合った。

そして今は、この要塞を敵に奪い返されないための防衛準備を進めている。

谷の只中にあるザウアーラント要塞は、地形的に帝国側からも容易に攻略できないが、東側の空堀は浅く、門も西側より脆弱で、バリスタなどの防衛設備は東の城壁上にはない。

今後は東からの攻撃を警戒しなければならない要塞内では、門を強化してバリスタを東側の城壁に移動させる作業が大急ぎで進められている。手の空いている兵士は空堀を深く広くする作業に従事し、土魔法を使える王宮魔導士や各貴族家のお抱え魔法使いも動員されている。

「そうか、よかった。ザウアーラント要塞の堅牢さは、元の持ち主である帝国が一番知ってるはずだ。下手な真似はしないだろうね」

「仰る通りかと存じます。これでこのザウアーラント要塞も、それを陥落させた歴史に比類なき栄誉も、全ては陛下のものです。お見事な勝利でした」

「ありがとう。フロレンツ皇子も手強い相手だったけど、あと一歩詰めが甘かったね。知恵の戦いでは今回も僕の勝ちだ」

侵攻準備の手際は見事。いざ戦場の中に身を置き、自分もろとも敵陣に突撃を敢行するという度胸も相当なもの。しかし、いくら名の知れた有能な傭兵団長とはいえ、大陸西部から迎え入れた人間であるユルギスに警備の一端を担わせた。その油断がフロレンツの敗因となった。

「……それともう一点、報告が。『ウルヴヘズナル』の連中が仲間の葬儀を行うようです」

ザウアーラント要塞を出て西側、ロイシュナー街道脇の少し開けた場所に『ウルヴヘズナル』の傭兵たちは集っていた。戦闘員だけでなく、ハーゼンヴェリア王国側に待機していて戦闘終了後に合流した非戦闘員も一緒だった。

そこへスレインは顔を出した。王の登場に、ユルギスは片眉を上げて少しの驚きを示す。

「……仲間の葬儀をするときは伝えるよう言われていましたが、まさか陛下ご自身がいらっしゃるとは」

「君たち『ウルヴヘズナル』はハーゼンヴェリア王国のために勇敢に戦った。ザウアーラント要塞の奪取において大きな役割を果たし、ハーゼンヴェリア王家との契約を守った。我が国に尽くした者の死を悼むのは王として当然のことだよ」

スレインはそう答えながら、並べられた遺灰の壺(つぼ)に目をやる。

十二の壺の前には、十二の小さな木箱。グルキア人はエインシオン教を信仰しているが、死者の左手の小指だけは火葬せず、塩と特殊な薬草の液につけて防腐を施し、保管する。彼らの先祖である山岳民族の精霊信仰からの風習だという。

こうした特異な風習も、グルキア人が蛮族として蔑(さげす)まれる理由のひとつとなっている。

「邪魔でなければ、僕も一緒に彼らの冥福を祈らせてほしい」

「もちろん歓迎しますよ。死んだ奴らも光栄に思うでしょう……我々もエインシオン教徒なので、基本的な葬儀の流れは同じです。聖職者はおらず、いくつか細かい文言がグルキア人独自のものになっていますが」

ユルギスはそう言って葬儀を始める。本来は聖職者が唱える聖句は傭兵団長であるユルギスが唱え、他の者はそれぞれ死者のために目を閉じて祈る。

スレインも、同行しているモニカも、葬儀の場の隅に立って静かに祈りを捧げる。

＊＊＊

さらに数日が経ち、負傷者の後送や要塞東側の最低限の強靭化作業も一段落した頃。要塞内の広場に、百人以上が集まっていた。

居並ぶのは、今回の戦いに参戦したハーゼンヴェリア王国の領主貴族たち。その子弟や側近格の騎士たち。王家に仕える貴族や騎士たち。さらに、グルキア人傭兵たち。彼らは国王スレイン・ハーゼンヴェリアと、ユルギス・ヴァインライヒを囲んでいた。

片膝をついて首を垂れるユルギスの肩に、スレインは剣を――自身専用として作られたが、戦闘ではなく専ら儀式の際にのみ使っている剣の先をそっと置く。

「ユルギス・ヴァインライヒ。汝が示した類まれなる武勇と、ハーゼンヴェリア王家への忠節を認め、汝に男爵位を授ける。汝とその子々孫々による王家への忠節が続く限り、この爵位は代々受け継がれるものとする。これは唯一絶対の神の御前で誓う、ハーゼンヴェリア王家とヴァインライヒ男爵家の盟約である」

「ありがたき幸せ。我がヴァインライヒ男爵家の一族は、末代に至るまでハーゼンヴェリア王家への忠節を尽くすことを誓います」

ハーゼンヴェリア王国で新たに領主貴族が誕生するのは、実に五十年以上ぶりのこと。王国の歴史に残るこのめでたい日に、しかし二人を囲む者たちの表情は様々だった。

リヒャルト・クロンヘイム伯爵とトバイアス・アガロフ伯爵は、それぞれの派閥に属する貴族たちの説得に成功した。スレインがザウアーラント要塞奪取という空前の大戦果を挙げ、そのためにユルギス率いるグルキア人傭兵が極めて大きな役割を果たし、この策を考え決行したのがスレイン自身だったこともあり、表立って反対を表明する領主貴族はいなかった。

しかし、だからといって領主貴族たちが諸手を上げてユルギスを貴族社会に歓迎しているわけではない。貴族は家によって、そして当主個人によって思想や価値観が分かれる。傭兵上がりのグルキア人が爵位を得ることについて、王国のために尽くしたのだから文句はない、と考える者もいれば、王が言うのだから状況的にもやむを得ない、と極めて消極的に頷いた者もいる。

貴族たちの心情の温度差が、記念すべきこの場に微妙な空気を漂わせていた。

「ハーゼンヴェリア王国の君主たる私はここに、新たな王国貴族家であるヴァインライヒ男爵家の誕生を宣言する。ヴァインライヒ男爵家とその領民を、王として庇護することを神に誓う。この場に集う全員が証人である」

ユルギスの肩から上げた剣を空に掲げ、スレインは言った。

スレインの言葉の後、辺りに沈黙が流れる。スレインの脇に控えているジークハルトが、沈黙を破って拍手をしようと手を動かしたそのとき。

ジークハルトよりも先に、拍手を鳴らす手があった。皆がそちらに視線を向けると、拍手の主はイェスタフだった。

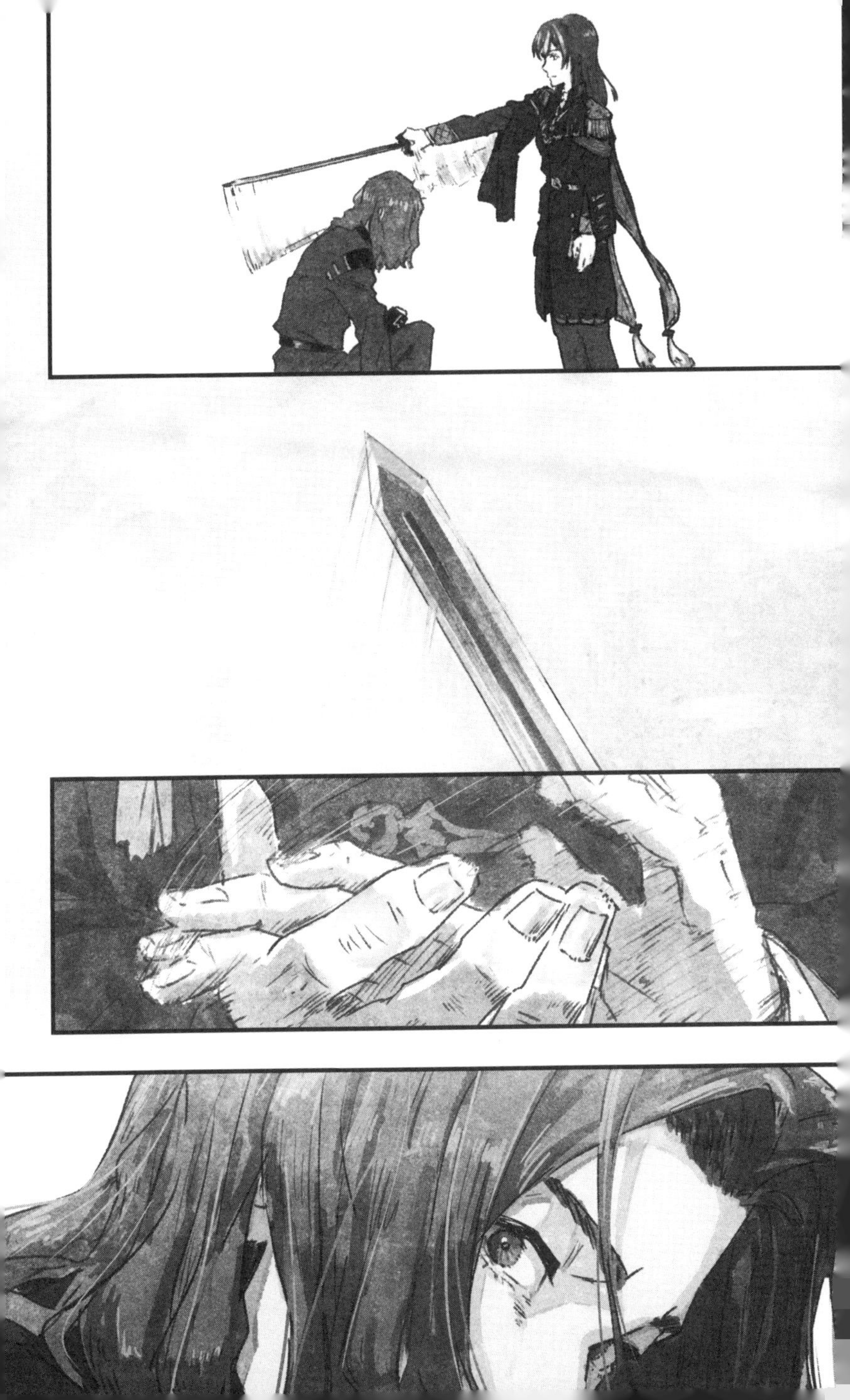

まだ足の負傷が治らず、椅子に座ってこの儀式に参加していたイェスタフは、無表情でユルギスを見据えて手を打ち鳴らす。それを、ユルギスは少し驚いたように片眉を上げて見返す。

貴族の中でもタカ派とされるイェスタフが、グルキア人であるユルギスの叙爵を歓迎するような行動を率先して見せた。その事実を前に小さなざわめきが起こり、しかしそのざわめきは間もなく拍手の波に代わった。

「おめでとう、ユルギス。君は我が国の貴族だ。君の同胞は我が国の民だ」

「……感謝いたします、国王陛下。これまでの不敬な振る舞いの全てを心より謝罪申し上げます。我が忠節と我々の敬愛は、全て陛下とハーゼンヴェリア王家のものです」

ユルギスはスレインの言葉にそう答え、左胸に右手を当てて頭を下げる王国貴族の礼を示す。

貴族と騎士たちの拍手に包まれながら、ユルギス・ヴァインライヒはこの日、ハーゼンヴェリア王国貴族となった。

六章　戦後処理

ザウアーラント要塞奪取から数週間が経過した、十月の上旬。

要塞攻略軍は既に解散し、要塞内には王国軍と貴族領軍、グルキア人兵士、臣民からの徴集兵、そしてイグナトフ王国からの援軍、総勢およそ五百人が駐留していた。集団で敵側に買収されかねない傭兵(ようへい)は、要塞防衛には用いられていない。

要塞の指揮に就くのは王国軍将軍ジークハルト・フォーゲル伯爵。ガレド大帝国が要塞奪還に動くような気配もなく、防衛部隊は悪く言えば退屈な、良く言えば平穏な待機の日々を送っていた。

一方で、ザウアーラント要塞奪取という偉業を成し遂げたスレインは、予定より一か月遅れての結婚式の準備を進めていた。

結婚式をいよいよ二週間後に控え、高揚感と共に少しの緊張も覚えていたスレインのもとへ、しかしまたもや急報が入った。

「話し合いを求める帝国側の使者……ようやくか」

執務室へと報告を運んできたモニカの話を聞き、スレインはそう独り言(ご)ちる。

ザウアーラント要塞を奪われたとなれば、ただの敗北とはわけが違う。今のフロレンツには要塞奪還に動く軍事力がないとしても、何かしらの反応は示すと思っていた。こちらが要塞を奪ってから数週間も経ってようやく使者を送ってきたというのは、遅すぎるとも言える。

「それで、フロレンツ皇子の使者は何て？」

「いえ、陛下。帝国側の使者は、フロレンツ皇子ではなく当代皇帝の勅命を受けて参上したとのことです」

モニカの言葉を聞いて、スレインは片眉を上げる。

「皇帝の勅命か。それなら使者が来るまで数週間程度かかったのも納得だね。その使者自身もそれなりの立場の人物なのかな？」

「……それが実は、報告によると……」

超大国たるガレド大帝国、その頂点に立つ皇帝が直々に送り込んできた使者。

それが誰かを聞いたスレインは、この日のうちに大急ぎで王都ユーゼルハイムを発ち、自らザウアーラント要塞へと向かった。

＊＊＊

ザウアーラント要塞の司令部建屋。

その中にある会議室で、スレインは帝国側の使者と対面した。

「ガレド大帝国皇太子、マクシミリアン・ガレドである」

椅子に深々と座り、尊大な態度で言ったのは、口髭（くちひげ）をたくわえた精悍（せいかん）な顔つきの男。

スレインの知識では、現在のガレド大帝国皇太子は三十四歳という話だった。目の前の男は見た目からして、ちょうどその程度の年齢に見えた。

スレインは自身の補佐役として同席してくれている外務長官エレーナ・エステルグレーン伯爵に視線を送る。かつて帝都を訪問した際、一度だけ皇太子と会ったことがあるというエレーナは、スレインに向けて無言で頷いた。

目の前の男が皇太子マクシミリアンで間違いない。それを確認したスレインは、微笑を作って口を開く。

「ハーゼンヴェリア王国第五代国王、スレイン・ハーゼンヴェリアです」

「スレイン・ハーゼンヴェリア王、よろしく頼む。貴国の王都よりわざわざ我が国の要塞まで参上してくれたことに感謝する」

大陸西部の小国の王と、強大な帝国の皇太子では、儀礼上の立場はほぼ同等。しかし現実的な権力は後者の方が遥かに強い。おまけにスレインはまだ十代の若造。そのためか、マクシミリアンは尊大な態度を崩そうとしない。

「いえ。我が国は小さく、王都から国境までは三日ほどで着きます。超大国たる帝国の皇太子殿が我が国の要塞へ直々に来訪したとなれば、私自ら出迎えるのは当然のことです」

スレインは微笑を作って答えた。この期に及んでザウアーラント要塞を「我が国の要塞」と言ったマクシミリアンを牽制するのも忘れない。

「それで、マクシミリアン・ガレド皇太子殿。何やら話し合いたいとのことでしたが？」

要塞に到着したマクシミリアンは、王であるスレインと会ってからでなければ用件を話さないと宣言したという。なのでスレインは、こうして要塞を訪れ、マクシミリアンと顔を合わせたこのときまで、皇太子の彼が直々に使者を務めているということ以外はまだ何も知らない。

「その通りだ。私は父である皇帝陛下の命を受け、陛下の名代として貴国と話し合うためにここへ来た……とはいえ、何から話したものか」

話すべきことが多いのか、その内容が複雑なのか、マクシミリアンは少し悩むような素振りを見せる。

「ハーゼンヴェリア王。貴殿は何から聞きたい？」

「……それでは。帝国西部の皇帝家直轄領を治め、大陸西部との外交を担っていたのは第三皇子のフロレンツ殿であったはずです。彼はこのザウアーラント要塞を放棄して逃走しましたが、その後どうなったのですか？　それに、貴殿は帝国の東部国境において、東の隣国との戦いを指揮していると聞いていました。どうして真逆の位置にあるこの場所に？」

尋ねられたスレインは、帝国との話し合いを本題に進める前に、素朴な疑問を口にした。

「そうだな。それから話すことにしよう……端的に言うと、我が異母弟である第三皇子フロレンツは、もう帝国西部にはいない。あ奴は西部直轄領の統治と大陸西部における外交の任を解かれ、帝都へと護送された。今はまだ帝都への移動の途上だろうがな」

マクシミリアンの答えを聞いたスレインは、小さく目を見開いて驚きを示す。

「事の始まりは二か月ほど前だ。フロレンツが皇帝陛下に無断で皇帝家の名を使い、帝国西部のいくつかの貴族家から大金を借りたという情報が、父のもとに届けられた」

その言葉で、フロレンツの今回の募兵における軍資金の出所が、概ねこちらの推測通りだったとスレインは知った。

「大陸西部から帝都まで、普通に移動すれば片道一か月ほどかかる。おそらくフロレンツは、ハーゼンヴェリア王国への侵攻を完遂するまで父に借金の件を知られずに済むと思っていたのだろう……確かに、本来であればそのはずだったが、今回のあ奴は運が悪かった」

フロレンツがハーゼンヴェリア王国再侵攻のために傭兵を集めている頃、彼に大金を貸した帝国西部貴族の一人が、帝都の宮廷貴族家に嫁いだ身内の訃報を受けて、その身内を弔うために帝都に急遽参上した。

その身内が嫁いだ家は皇帝家の傍系の大貴族家とも繋がりがあったため、弔いの場でその大貴族家の人間と顔を合わせた貴族は、フロレンツが皇帝家のお墨付きを受けて貴族から金を集めていた件を、世間話の一環で語った。

皇帝の子の中では立場の弱いフロレンツが、皇帝家の名を使って複数の貴族から大金を借りた。それは珍しい話として宮廷内に広まり、すぐに皇帝の耳にも入った。

フロレンツがいかに皇帝の寵愛を受ける愛息であったとしても、勝手に皇帝家の名を使ったというのはさすがにいただけない。皇帝はフロレンツの責任を問うことにした。

その少し後。宮廷魔導士として西部直轄領に置かれている、使役魔法使いの操る鷹が、ザウアーラント要塞陥落の急報を告げる書簡を帝都に運んできた。

勝手に皇帝家の名を使って大借金をし、それを軍資金とした再侵攻に失敗するどころか、帝国西部における国境防衛の要である要塞を隣国に奪われたとなれば、状況は尋常ではない。事態を重く見た皇帝は、直轄の近衛兵にフロレンツを拘束して帝都へと連行するよう命じた。

それと並行して、自身の遣いをザウアーラント要塞へと送り込み、要塞を奪った隣国——ハーゼンヴェリア王国と対話することを決めた。

そしてちょうどこのとき、帝国東部国境で東の隣国との大規模な会戦に勝利し、敵を大きく後退させた上で戦線を膠着させた皇太子マクシミリアンは、帝都へと一時帰還していた。

これほどの重大事態で皇帝の使者を西部国境に送るとなれば、確かな立場があり、皇帝家の利益をよく心得ている有能な者を充てるのが望ましい。そう考えた皇帝の勅命を受け、皇太子であるマクシミリアンは直々に帝国西部へと発った。

宮廷魔導士の使役魔法使いが操る、俗にガレド鷲と呼ばれる巨大な鷲の魔物に乗ることで移動時間を大幅に短縮したマクシミリアンは、陸路ならば一か月かかる道のりを一週間で駆け、西部直轄領の中心都市アーベルハウゼンに到着。そこから馬に乗り換え、数日前にザウアーラント要塞へとたどり着いたという。

「それはまた……貴殿も遠路はるばる大変でしたね」

「まったくだ。膠着状態とはいえ、極めて重要な東部戦線の指揮を配下に預けたまま、西部国境まで足を運ばなければならなかったこの事実には正直まいっている。皇太子である私が、何故このような辺境の地に……これも不肖の異母弟のせいだ」

マクシミリアンは深いため息を零しながら、疲れた様子で言った。

大陸西部を「辺境」と言い放って当たり前のように下に見るのは、超大国の継嗣という立場を考えれば致し方ないことか。

「そちらの状況は理解しました。それで、貴殿は皇帝陛下の使者としてここへ来たということですが、具体的にはどのような命を受けて？」

「ああ、そのことだが……これも端的に言おう。現在、貴国が実効支配しているこのザウアーラント要塞。我が国にとって要衝であるここを返してほしい。私はそのための講和の使者だ」

スレインの問いかけに、マクシミリアンはずばり答えた。

「もちろん、ただ返せとは言わない。フロレンツの失態の結果とはいえ、貴国は戦いの末にこの要塞を奪取したのだからな。それを返してほしい帝国としては、然るべき代価を支払う必要があるだろう。だから私は『講和』の使者なのだ……二億メルク。一括でも分割でも、貨幣でも金銀でも他のものでもいい。貴国の好きなかたちで支払おう。それでザウアーラント要塞を明け渡してくれるよう、我が父は求めている」

提示された額を聞いて、スレインは思わず片眉を上げた。

二億メルク。スローナに換算して二億五千万から二億七千万ほどか。ハーゼンヴェリア王家の年間総予算を優に上回る大金だった。

一つの要塞に対して支払う額としては、まさに破格。それほどの額をぽんと提示できる帝国は、つくづく強大だと思い知らされる。

スレインは上げていた片眉を下ろし、微笑を浮かべて口を開く。

「申し訳ないが、承諾できかねます」

スレインの返答を聞いたマクシミリアンは、怪訝な表情を見せた。

「何故だ？　貴国の王家の年間収入を上回る額を提示したはずだが。貴殿にとっては申し分ない代価だろう」

「もちろん、要塞一つを明け渡す代価としては、申し分ないどころか破格のものでしょう。ですが……安寧を明け渡す代価としてはあまりにも安すぎます」

スレインは微笑を浮かべたまま語る。マクシミリアンはスレインを見据える目をスッと細める。

「安寧だと？」

「ええ、安寧です。ハーゼンヴェリア王国の存在する大陸西部と帝国の平穏な関係は、歴史に裏打ちされた信用から成立してきました。帝国は大陸西部に侵攻の意思を示さない。それが実に百年近くも続くことで、大陸西部は帝国との友好を成せると考えてきました。それは間違いでした」

小国が立て続けに建国されていった時期よりも前から、帝国は大陸西部に牙を剝かなかった。その裏には、帝国の東部や北部に油断ならない敵対国が誕生したという事情があった。

帝国は二正面の戦いに注力しており、一方で大陸西部とは穏便な関係を構築していくことを選んだ。経済的な繋がりを保ち、何事も起こらない穏やかな関係を維持する道を選んだ。

だからこそ、大陸西部の国々は信じていた。平穏な結びつきを長年強めてきた帝国とは、もはや大規模な戦いは起こらないと。

自分たちが生まれる前から、自分たちの国が誕生する前からこの状況なのだ。少なくとも、ある日突然に事態が急変することはない。今はもう、そういう時代なのだ。皆がそう考えていた。

その期待は昨年、打ち砕かれた。百年近い歴史に裏打ちされた経済的な結びつきは何の担保にもならないと、ハーゼンヴェリア王国は思い知った。他の国々も同じだろう。

「だからこそ、どれほどの代価を提示されようと、ザウアーラント要塞を貴国に返すことはできません。貴国は貴国の気分次第で、いつでもこちらに牙を剝くことができると分かった。しかしザウアーラント要塞を確保しておけば、我が国は貴国の牙を今までより遥かに容易に防ぐことができる。この状況で、どうして要塞を貴国に明け渡すことができましょう。私は王として国を、民を守らなければならないのです」

「……では、帝国がザウアーラント要塞を力づくで取り戻すと言ったら？」

「本当に帝国はそのようなことをなさりたいのですか？」

スレインは首を傾げながら問いを返した。

帝国の人口は一千万を超える。平時に継続的に動員できる兵力は、常備軍や貴族領軍、徴集兵を合わせて十五万程度。そのほぼ全てが東部国境と北部国境での紛争、そして南部沿岸の防衛や国内の治安維持に回っている。スレインはセルゲイやジークハルト、エレーナからそう聞いている。

この上でザウアーラント要塞を攻略することに、帝国が兵力を割きたいわけがない。

ザウアーラント要塞は単純に大軍をぶつければ落とせるものではない。正攻法で戦うのならば、ザウアーラント要塞は今のところ無敗の防衛拠点。数百の兵を常駐させ続けることさえできれば、正面から来る如何なる軍勢も退けられる最強の要塞と言える。

「確かに、我が国はザウアーラント要塞を奪取しました。しかし此度の戦いは、我が国にとってはあくまでも国家防衛のためのもの。我が国がこの要塞の支配権を維持しようとしているのも、やはり国家防衛のためです。我が国には帝国に逆侵攻をするような国力もなければ、そんな無謀なことをする理由もありません。つまり、我が国がこの要塞を手に入れたとしても、貴国にとっては何ら脅威ではありません。今、あなた方が無理に実力行使をする意味はないかと思いますが」

スレインはそう語った。帝国はザウアーラント要塞をハーゼンヴェリア王国に奪われたままでも問題ない。無理に取り返そうとする意味はない。そんなことをしてもお互い無駄に血を見るだけになる。だからひとまず現状維持で構わないではないか。そう説いた。

要塞を巡ってこれ以上武力で争いたくないのは、ハーゼンヴェリア王国とて同じだった。

スレインに鋭い視線を向けていたマクシミリアンは――また、ため息を一つ吐く。

「やはりそう言うか。そうだろうな。私が貴殿の立場でも同じようなことを言う」

マクシミリアンが呟いた言葉を、スレインは少し意外に思った。

「私がそちらの提案を拒否すると予想しておられたのですか？」

「ああ。ザウアーラント要塞は帝国にとっても極めて重要なものだったのだ。それをハーゼンヴェリア王国が手に入れたとなったら、何を提示されても手放すわけがない。帝国にとっては取るに足らない極小国とて、守るべきものも、それを守るために考える頭もあろう。こんな提案が承諾されるわけがない……皇帝陛下にもそう言ったのだがな」

頭痛でも覚えているのか、マクシミリアンは指先で眉間を押さえる。

「父は偉大な方だが、歳を取られた。強大な帝国を治めるお立場に長年おられたことで、お考えには偏った部分もある。極小国の王など、金を積めば簡単に言うことを聞くだろうと高を括っておられた。私の危惧した通り、結果は違ったようだがな」

「……」

身内の愚痴を平然と語る。語っても問題ないと考えている。そのことからも、マクシミリアンがハーゼンヴェリア王国を軽視していることが分かる。

フロレンツよりはよほど理屈で話し合えそうな人物だが、やはり帝国の皇族だ。小国を軽んじることに慣れている。

「講和による要塞の明け渡しは失敗。それは仕方あるまい。貴国には帝国に逆侵攻を仕掛ける国力も理由もないので、要塞は貴国に奪われたままでも問題ない。確かにその通りだ。まあ、仮に貴国が帝国に攻め入ってきたとしても、こちらとしては別に脅威でもないが」

鼻で笑いながら語るマクシミリアンに、スレインは何も言い返さない。

ガレド大帝国の人口は一千万を超える。ハーゼンヴェリア王国と国境を接する西部の皇帝家直轄領だけでも三十万に届くという。

ハーゼンヴェリア王国は、仮にイグナトフ王国などの周辺国と手を組んで帝国に攻め入ったとしても大した領土は占領できず、その維持もできない。

ハーゼンヴェリア王国は帝国にとって、マクシミリアンが鼻で笑う程度の存在でしかない。その事実はスレインが何を言っても変わらない。

「とはいえ、私としても貴国が万が一こちらの領土に侵攻してきて、父に撃退を命じられでもしたら面倒だ。私の皇太子の地位とて盤石ではない。東部戦線に専念して成果を示さなければ、第二皇子や第一皇女あたりに帝位継承権を奪われる可能性がないではないからな。くれぐれも妙な真似はしないでくれよ」

「無論です。念を押していただく必要もありませんよ。私は平和を愛しています。本音を言うと戦争は苦手です」

スレインが答えると、マクシミリアンは微苦笑した。

「フロレンツの侵攻を一度跳ね返し、内乱を無血で収め、ザウアーラント要塞を陥落させるまでを一年で成し遂げた者の言葉とは思えんな……だが、貴殿がそのような考えならば私も助かる。要塞返還は叶わなかったが、ハーゼンヴェリア王に現状維持の確約をもらったので西部国境はひとまず問題ない。父にはそう伝えておこう」

「皇帝陛下への説得はそれで適いますか？」

「ああ、十分に説明はつく。ザウアーラント要塞を奪われたのは痛手ではあるが、所詮は西部国境のことだ。今すぐに解決できないのならば父もそこまで固執はしない。今の帝国にそのような暇はない」

この国境地帯に微塵も関心のなさそうな口調で、マクシミリアンは語る。

皇太子の言葉ならばある程度は信用に値する。ザウアーラント要塞を巡る問題は、金で即座に解決できるならそうするが、できないならば対応の優先順位は低い。後回しにできるのならばそうしておきたい。やはりそれが帝国の本音だ。

「この要塞は……そうだな。貴国に一時的に預けていると思うことにしよう」

「随分と長い『一時的』になりそうですね」

スレインが皮肉で返すと、マクシミリアンは面白がるような視線を向けてくる。

「ハーゼンヴェリア王。聞いた話では、貴殿は平民上がりだそうだな」

「ええ、その通りです。王家の血を継いで生まれましたが、昨年の初め頃までは、私はしがない平民として生きていました」

「そうか。そのような出自で、帝国皇太子たる私を前にそこまで堂々とものを言えるとは。なかなか面白い男だ……個人的には嫌いではない。立場柄友人にはなれないが、私が帝位を継いでからも良き隣人ではあってほしいものだ」

「ありがとうございます。良き隣人ですか。そうありたいものですね。お互いに」

お互いに。スレインが最後の言葉を強調して言うと、マクシミリアンは微笑を浮かべる。

「それでは、私は帰らせてもらう。早く東部国境の戦地に戻らなければならないからな」

「そうですか。よければ昼食でも共にしたかったところですが、せめて外まで見送りを」

「ああ、感謝する……まったく、このような地で時間を無駄にした」

マクシミリアンはまた、悪気なく大陸西部を軽んじる言葉を零しながら、十人以上の護衛に囲まれて会議室を後にする。スレインも、同数の護衛に囲まれながらマクシミリアンの後に続く。

司令部建屋を出たマクシミリアンは、外で待たせてあった残りの護衛に囲まれて馬に乗る。要塞内には敵兵が数百人いる状況で、しかし彼は微塵も緊張を見せない。

ハーゼンヴェリア王国側が帝国の皇太子に手を出せば、さすがにただでは済まない。帝国は国家の威信に懸けて要塞を奪い返し、ハーゼンヴェリア王国を滅ぼすだろう。そう分かっているからスレインがマクシミリアンに手出しをしないと、マクシミリアンもまた分かっている。

「ハーゼンヴェリア王、くれぐれも壮健でな」

「……これは嬉しい言葉を」

こちらが元気でいることを願ってくれるとは。意外な言葉にスレインは目を丸くする。

「貴殿は理屈を心得ていて、話も通じる。帝国に対して下手な行動はとらないだろう。隣国の君主はそのような人物であることが望ましい。だから壮健でいてくれ……それではな」

どこまでも自己中心的な言葉を残し、マクシミリアンは馬の手綱を振るった。近衛の騎士に囲まれながら、ザウアーラント要塞を去っていった。

「マクシミリアン・ガレド皇太子……なるほど、こういう人か」

その後ろ姿を見送りながら、スレインは呟いた。

＊＊＊

ガレド大帝国の帝都ザンクト・エルフリーデンは、帝国領土の中央南部、巨大な河川に面して存在する。

建国の母たる女帝の名を戴いたこの都市の人口は六十万とも七十万とも言われ、正確なところは把握されていない。ここだけで軍事力、経済力ともに中規模の国家に匹敵する力を持った巨大都市として、超大国たる帝国の心臓として、その名は大陸中に轟いている。

そのザンクト・エルフリーデンの西側、市街地を正面に、大河を背にする位置に、皇帝家の皇宮は広大な敷地をもって存在する。

この皇宮の謁見の間に、皇宮の主であり、帝国それ自体の主である第十九代皇帝アウグスト・ガレド三世はいた。

豪奢な玉座に座り、こちらを見下ろしているアウグストの視線を感じながら、その三男であるフロレンツ・マイヒェルベック・ガレドは跪いていた。

「……顔を上げよ、フロレンツ」

「はい、父上」

帝国の頂点に立つ父親の許しを得て、フロレンツは顔を上げ、アウグストと顔を合わせる。

父も歳を取った、とフロレンツは思う。

既に齢六十を超えたアウグストは、自ら剣を取って東部国境や北部国境で兵を鼓舞し、戦った若き日の面影を、もうあまり残してはいない。決して良い意味で老成したわけではなく、ただ単にくたびれた老人となり、覇気も薄いまま惰性的に治世をこなすようになって久しい。

そのアウグストは、今は呆れたような表情でフロレンツを見ていた。

「フロレンツよ。西部国境の直轄領を任せていたお前を、この帝都まで呼び寄せた理由は分かっているな?」

「もちろんです。貴族たちからの借金の件、そしてザウアーラント要塞での敗戦の件。昨年の侵攻失敗も合わせると、三度も立て続けに失態を重ねることとなってしまいました。本当にお恥ずかしい限りです」

問われたフロレンツは、そう答えながら苦笑する。

フロレンツは皇妃の産んだ息子ではない。アウグストの愛妾(あいしょう)であったマイヒェルベック男爵家出身の令嬢が、アウグストの子を欲した結果、産まれた子だった。

その令嬢はフロレンツを出産して間もなく、事故で急逝した。だからこそアウグストは、突然この世を去った愛妾によく似ている、帝位継承権争いの枠の外にいるフロレンツを父親としてひたすら溺愛した。

自分は父に愛されている。その絶対の自信があるからこそ、フロレンツはこの場においても苦笑することができた。

しかし、今までなら困ったように笑い返してくれた父は、未だ呆れた表情をフロレンツに向けていた。

「……父上?」

いや、違う。

フロレンツは父の目をよく見て、気づいた。そこにあるのは呆れではない。失望の色だった。

目に浮かべていた失望の色を、アウグストは今度はため息に乗せて吐き出す。

「フロレンツ、お前は何か勘違いをしているようだ。確かに私は昨年、お前が独力でハーゼンヴェリア王国侵攻を成したいと言ったとき、皇帝としてそれを許した。お前の野心と、その野心を満たすための努力を認めた。だが、どうやらお前はこのことの意味をはき違えている……いいか、フロレンツ。自らの意思で兵を動かす。それは皇族として大人になるということだ。昨年に侵攻へと踏み切った時点で、お前はマクシミリアンたちと同じ場に立ったということだ」

今までと違う父の表情に、声色に、フロレンツは驚き固まる。

「フロレンツ。私はお前が大人になろうとしていることを、嬉しく思ったのだ。だからこそ、本当はまだ諍いを起こさないに越したことはない状況で、大陸西部の小国にお前が侵攻することを許したのだ。お前が真に大人になるためだからこそ許しを与えたのだ。全てはお前のためだ」

そこまで言って、アウグストの視線が鋭くなる。枯れた皇帝の中に幾ばくか残っている、超大国の支配者としての気迫が、その目から放たれてフロレンツに刺さる。

「それなのに、お前のそのざまは何なのだ。お前がしでかしたこの結果は何なのだ。一度敗けるのはまあよい。そのようなこともある。しかし二度敗けるどころか、勝手な借金をした上によりにもよってザウアーラント要塞を奪われるなど。全く……全くもって、情けない。情けないこと極まりない。これが私の息子とは」

老いた父親の冷たい叱責がくり広げられるこの謁見の間には、宮廷貴族も居並んでいる。

そしてアウグストに近い位置には、皇太子であるマクシミリアンも立っている。本当は早く東部戦線に戻りたいと思いながら、しかし父に命じられて、異母弟フロレンツに下される沙汰を見届けるためにこの場に同席している。

そして、目の前でくり広げられる茶番を不愉快に思いながら見守っている。

確かにフロレンツは無能であり、ザウアーラント要塞を隣国に奪われたことは歴史に残る大失態と言える。しかし、そもそもの原因はフロレンツにハーゼンヴェリア王国侵攻を許したあなただろうと、マクシミリアンは父を横目に見ながら心の中で呟く。

ガレド大帝国から見て大陸西部の小国群は、無益かつ無害……よりもやや有益寄りの存在。平穏に付き合っておけば、貿易などである程度の利益を得ることができる。争わずにおけば、西部国境にまとまった数の兵を割かずに済む。

それなのにアウグストは、愛妾の遺児であるフロレンツを可愛がるあまり、彼が大陸西部へとちょっかいを出すことを許した。大失態とまでは言わないが、国益を損なう決断であることは間違いない。老い枯れる前のアウグストであれば、このような決断は絶対にしなかっただろう。

マクシミリアンに言わせれば、フロレンツを名代として西部国境に送り込み、直轄領の統治と大陸西部との外交を任せたこと自体がそもそもの間違いだ。

フロレンツはその出自から宮廷社会で苦労したため、表面上は馬鹿ではない善人として振る舞うことができる。しかし、その本質はひどく歪んでいる。責任ある立場を務められる器ではない。

だからこそ、目の届かない辺境などに送らず帝都に置き、文化芸術でも覚えさせ、遊ばせておけばよかったのだ。

泣きべそをかき始めた異母弟を見ていられず、マクシミリアンは視線を逸らす。と、この場を囲む宮廷貴族たちがフロレンツに侮蔑の視線を向けているのが目に入る。彼らの視線を見て、マクシミリアンの不快感は大きくなる。

大国の宮廷社会が腐るのは世の常。それでもアウグストが若く活力のあった頃には、彼の手によって宮廷に蔓延る腐敗の多くが貴族の血と共に一掃された。しかし、それから三十年も経てば新たな腐敗が蔓延り、今では宮廷貴族の多くが既得権益のぬるま湯に浸かっている。

だから帝都に長くいるのは嫌なのだ。

早く東部戦線に戻り、自分が三十代のうちには大勝を収めて東部の隣国との戦いを一段落させ、その成果をもって帝位を継ぎたい。そして帝都に舞い戻り、腐敗した宮廷貴族どもを粛清したい。清く強い帝国を取り戻したい。

フロレンツのために西部国境などという辺境に足を運んだり、このような茶番で時間を浪費したりする暇は自分にはないのだ。

「……まあいい。お前が勝手に抱えた借金は、国庫から貴族たちに返せばそれで済む。ザウアーラント要塞を失ったのは痛手だが、奪ったのは虫のような小国だ。これで我が国の西部国境が直ちに危機に陥るというわけでもない。いくらお前を責めても、今さら仕方あるまい」

この場にいたくないというマクシミリアンの思いが通じたのか、アウグストはフロレンツへの小言のような説教を終える。

「話は変わるが、お前とこうして直に会うのはほぼ二年ぶりだったか。お前に侵攻の許しを与えたのは手紙でのことだったからな……前に会ったときよりも、顔立ちが男らしくなったか」

「……っ！　ち、父上！」

半泣きになっていたフロレンツは、父のそんな言葉に希望を見る。父がまた、優しい表情を自分に向けてくれるのではないかと期待する。

しかしその期待は、次の瞬間には打ち砕かれる。

「こうしてよく見ると、随分と男らしくなった。男らしくなって……エメリーヌの面影が全くなくなってしまったな」

アウグストはそう言って、フロレンツから視線を外した。

「……あぁ」

父がたった今、自分に対して欠片の興味も失ったのだと、フロレンツには分かった。

同時に、何故今まで自分が父から溺愛されていたのかも理解した。

フロレンツの母エメリーヌは、皇帝の愛妾になるだけあって非常に美しい女性だった。自分が赤ん坊の頃に早逝した母の顔をフロレンツは肖像画でしか知らないが、確かに美しかった。

そして、フロレンツは母によく似ていた。中性的で端整な顔立ちをしていた。フロレンツのこの容姿を、父もよく褒めてくれた。お前は母親にそっくりだと、エメリーヌに本当によく似ていると、慈愛に満ちた笑顔で語ってくれた。

母に似たこの顔立ちは、フロレンツにとって誇りだった。しかし齢二十を超えた頃からは、努力をしなければこの顔立ちを保てなくなった。

そして、二十代半ばに入ってからのこの二年ほどで、また目に見えて体質が変わった。たとえ努力をしても、中性的な美青年ではいられなくなってきた。肌のきめ細かさは失われ始め、剃っても青い跡が残る程度に髭が濃くなり、髪も硬くごわつくようになってきた。

決して顔立ちが醜くなっているわけではない。あと五年もすれば中年にさしかかる男として考えると、むしろ年相応の魅力が出てきたと言える。

しかし、それは父に愛される魅力ではないのだと、今思い知った。父がフロレンツに求めていたのは母エメリーヌの面影だったのだ。父が愛していたのはフロレンツ自身ではなく、フロレンツの顔が呼び起こすエメリーヌの記憶だったのだ。

それはもはや、フロレンツの中から失われた。だから父はこれほど冷たく自分を叱責したのだ。そして、父が再び自分に甘く接してくれることは二度とない。

父はもう、自分を愛してはくれない。

そのとき、フロレンツの中で何かが切れた。

「あぁ、あぁぁ、あああぁぁぁぁああああーーーーっ!!」

頭を抱えて天井を見上げ、その場に膝をつき、絶叫する。フロレンツのその行動に、アウグストも宮廷貴族たちもぎょっとした表情を見せる。

マクシミリアンも、面食らって唖然としながらフロレンツを見る。

「あああーーっ!!　父上!　父上父うえちちうえええぇぇぇぇーーーーっ!!」

「な、何なのだ一体」

倒れ込むように両手を床につき、そのまま四つん這いで玉座へと近づくフロレンツに、アウグストは不気味な魔物でも見るような顔を向ける。嫌悪の感を顔に浮かべながら、思わずといった様子で玉座から腰を浮かせる。

いかな皇子といえど、これほどまでに尋常でない様相を浮かべながら皇帝に近づけば、皇帝の安全を脅かす対象と見なされる。アウグストの傍に控えていた近衛兵たちが動き、フロレンツを押さえにかかる。

「第三皇子殿下！」

「どうか落ち着かれてください！」

「ああぁぁっ嫌だ！　嫌だあああぁぁっ！　父上！　父上ええぇぇーーっ！」

皇帝の子であるフロレンツを、近衛兵たちはできるだけ無傷で取り押さえようとする。フロレンツは肉体的に屈強なわけではないはずだが、四つん這いという異様な体勢のためか、精鋭の近衛兵たちでも彼を拘束することにやや難儀する。

それでも数人がかりでフロレンツを羽交い締めにし、無理やり立ち上がらせると、ひとまず謁見の間から退室させようと引きずっていく。

「うわああああぁぁぁ父上えぇぇちちうええええええぇぇぇぇ……」

フロレンツの不気味な絶叫は、大きく分厚い扉の向こうに消えていった。

「まったく、大失態の責を問われる場で乱心とは……皇帝の息子が何たる様だ。マクシミリアン、お前も驚いただろう」

「……ええ、まあそれなりに」

アウグストが額の汗を拭いながら言い、マクシミリアンはそれに無機質な声で答える。

かつては大胆かつ精強な為政者だったアウグストは、もともと人の心の機微を読み取ることとは無縁。フロレンツの乱心の原因が自分の言動にあると微塵も理解していない様子の父に、マクシミリアンは内心で呆れる。

「本当であれば、此度の失態の責をとらせて当面は城内で謹慎させておくつもりだったが……あのようになってはな。とりあえず治癒魔法使いと医者に見せればいいのか？」

「畏れながら父上、フロレンツの心は完全に壊れきったと見えます。治癒魔法使いや医者は身体の病を治すことには長けていますが、心の病となっては対処しようもありますまい」

「ではどうすればいい？」

良くも悪くも神経が太く、心の病などとは無縁のアウグストは、心底面倒そうに尋ねる。

「……心を癒す上で、最良の薬は時間だと聞きます。フロレンツをどこか穏やかな地に送り、静養させるのがよいでしょう。そうして時間が経てば、あ奴も良くなるかもしれません」

「そうか。お前がそう言うなら、そうすることにしよう……あ奴がこのまま正気に戻らないとしても、どこか帝都から遠い保養地にでも閉じ込めておけばもう面倒は起こすまい。これ以上、あ奴には悩まされたくないものだな」

「……ええ、仰る通りです」

父はあれほど愛していたフロレンツに、もう愛情や興味の欠片もないのだと、マクシミリアンも思い知りながら返す。

愚かで憐れな異母弟を気の毒には思うが、そう思うだけ。マクシミリアンもこれ以上、フロレンツのことを考えているわけにはいかない。早く東部国境に戻らなければ。

フロレンツ・マイヒェルベック・ガレド第三皇子が心を病み、帝都から遥か遠くにある保養地に軟禁されたという話は、彼が謁見の間で見せた異様な言動と併せて、帝国の宮廷社会をしばらく賑わせた。

しかしその話題も、数週間もすれば飽きられ始め、数か月もすれば滅多に語られなくなる。

フロレンツは社会から忘れ去られていき、そのまま思い出されることもなくなっていく。


彼が新たに何かをしでかさない限り。

終章　二人で

十月中旬。予定より一か月近く遅れて、スレインとモニカの結婚はようやく実現した。

一年で最大の祝日である生誕祭とちょうど時期が近くなったこともあり、王領ではザウアーラント要塞陥落という歴史的勝利を祝う祭り、毎年の祝祭である生誕祭、そして王の結婚を祝う祭りが立て続けに催されることとなった。

それぞれの前夜祭も合わせると、およそ一週間にわたる祭りの日々。王の結婚式とそれに伴う祝祭は、その最後の二日間に置かれた。

王城にも、王都ユーゼルハイムの市街地にも賑（にぎ）やかな声が絶えない日々を過ごしたスレインは、しかし結婚の儀式の際には、王都中央教会の聖堂で厳かな空気に包まれる。

「――神は我らの父、そして我らの母である。その慈愛は永遠に、この地とそこに生きる者へと降り注がれる。この地の守護者たるハーゼンヴェリア王が妻を迎えるとき、神はこの妻をまた守護者として認め、偉大なる祝福をこの者らの子々孫々へと――」

スレインとモニカが信徒の礼をとる前で、アルトゥール司教が聖句を述べる。

重要な儀式の日である今日、スレインの頭上には王冠がある。

そして隣に並ぶモニカの頭にも、ルチルクォーツをちりばめた銀と黒金のサークレット――ハーゼンヴェリア王家に代々受け継がれてきた、王妃のみが被ることを許されたサークレットが載せられている。

　スレインとモニカの後ろには儀式の参列者が居並ぶ。その多くは王国貴族と、周辺諸国の君主の遣いだが、なかには自らスレインの結婚を祝うためにハーゼンヴェリア王国へと来訪した君主も数人いる。

　平民上がりの王が男爵令嬢を妃に迎えるという、政治的には王家の系図を繋ぐだけの意味しかない結婚式に、しかし彼らははるばる参列しに来た。自国で生誕祭が開かれている期間をもハーゼンヴェリア王国への移動に費やし、この場に居合わせている。

　それはおそらく、スレインがザウアーラント要塞奪取という空前の成功を収めたため。フロレンツ皇子に打ち勝ち、自国の領土に、延いては大陸西部に一定の安寧を確保したスレインは、周辺諸国の君主にとっては仲良くしておきたい相手となった。この現状がその証左だった。

　繋ぎとして王位に据えられた平民上がりにしては有能。つい数か月前までそのような見方をされていたスレインは、今や大陸西部において最も重要な王の一人となった。

「――よって、今日この日、神の見守る下で、この者らは夫婦となった。これよりこの者らは、互いが神の御許に向かうそのときまで、愛し合う夫婦である。スレイン・ハーゼンヴェリア、そしてモニカ・ハーゼンヴェリア。誓いの接吻を」

　スレインとモニカは信徒の礼を解き、立ち上がる。そして向かい合い、見つめ合う。

　金糸とルチルクォーツによる装飾の施された、カラスの羽根のように艶やかな黒のドレス。王妃となるモニカのために作られたこのドレスは、彼女の深紅の髪の美しさをより際立たせ、彼女の凛々しさをより引き立てている。

世界一美しい。スレインは心からそう思い、モニカに半歩近づく。モニカもそれに合わせる。そして、スレインはモニカを見上げ、モニカはスレインを見下ろし、互いに顔を寄せる。

二人の唇が、そっと重なる。参列者たちの間で拍手が起こる。

「……愛してる。これからずっと」

「私もです。心から愛しています、スレイン様」

唇を離したスレインとモニカは、微笑み合いながら、互いにだけ聞こえる声で愛を伝え合う。

＊＊＊

多くの祝福に包まれた幸福な結婚式を終えて。スレインとモニカは城館の寝室に一度戻り、二人にとって大切な過程を見守っていた。

二人の前で、スレインの母アルマの形見である化粧台が、使用人たちによって寝室に運び込まれていた。モニカが晴れてスレインの妻となり、この化粧台は彼女のものとなった。

「……いよいよ、私がこの化粧台を使っていくことになるんですね」

化粧台を運び込んだ使用人たちが下がり、寝室に二人きりになってから、モニカは呟くように言った。化粧台をそっと撫でながら、その前に座った。

「母さんも、化粧台を贈った父さんもきっと喜んでくれてるよ。後で二人の霊堂に行って、結婚の報告と一緒に伝えよう」

「はい、スレイン様……あら？」

答えながら化粧台の引き出しを何気なく開けたモニカは、少し驚いたような声を出した。そしてスレインを振り返った。

不思議そうな表情の彼女に、スレインは歩み寄る。

「どうしたの、モニカ？」

「スレイン様。これは……この引き出しは、二重底になっているのですか？」

彼女が示した引き出しの中を見て、スレインも小首を傾げる。引き出しの中は確かに、外観と比べると底がやや浅いように見えた。

「僕がこの化粧台を触ったことはほとんどなかったし、母さんからは特に何も聞いてないけど……二重底に見えるね。開けられそう？」

「はい。手前に指をかけるための隙間があります」

モニカはそう言って、引き出しの底面の板を奥に向けて押す。板は滑らかに動き、二重底の下が現れる。

そこには、額縁に収められた一枚の肖像画が入っていた。

大きさは、開いた書物よりもやや大きい程度。そこに描かれていたのは、椅子に座った女性とその傍らに立つ男性、そして、女性の腕に抱えられた赤ん坊。

「これは……御顔立ちからして、先代国王陛下でしょうか。王城に飾られている肖像画の御顔よりもお若いようですが」

「そう、みたいだね……そして、椅子に座っている女性は僕の母さんだ。間違いない」

最後に見た顔よりもずっと若々しい、昔の記憶の中の母。幼い自分にいつも優しく語りかけてくれた母の顔が、そこにはあった。

もう記憶の中でしか見ることができない、その記憶も年月とともに薄れていくばかりだと思っていた母の顔が、確かにそこにあった。

「ということは、この女性が抱いている赤ん坊は……」

「僕、なんだろうね。これは僕と両親の肖像画だ」

スレインはそう言いながら、肖像画の入った額縁をそっと手に取る。

裏を見ると、そこには言葉が記されていた。

こんなものしか残してやれなくてすまない。お前とスレインを愛している。

そう、記されていた。その言葉を見て、スレインは息を呑んだ。

「……知らなかった。こんなものが残っていたなんて」

王城に残る文書で何度も目にした。今さら見間違えるはずもない、父フレードリクの字。彼の筆跡で、スレイン、と自分の名前が記されている。彼が自分のことを思って記した文字が、確かにここに残っている。

スレインは思わず、自分の名を記した文字に、指先でそっと触れる。

と、モニカがハンカチを取り出し、スレインの頬を優しく拭く。そうされて、スレインは初めて自分が涙を流していたことに気づいた。

モニカを向くと、彼女は穏やかに微笑む。スレインも微笑みを返す。

「これが父さんの残せる精一杯のものだったんだろうね。父さんと母さんが愛し合って、二人の間に僕が生まれた証の」

再び肖像画を表に向けて、スレインはそこに視線を落とす。

肖像画に描かれている父フレードリクは、その顔を知っているからこそスレインも父だと分かるが、服装は王らしからぬもの。上品だが、知らない者が見れば一国の王とは思わないような地味なもの。並ぶアルマも、せいぜい平民の良家の夫人程度にしか見えない。

そして、裏に残された言葉にはスレインの名前しかない。父フレードリクの署名はなく、王城内に長く身を置いていた母アルマの名前もない。

もし誰かがこの肖像画を見つけても、よほど王家に近しい者でもない限り、誰が誰に贈ったものかは分からないような配慮がなされている。これが、王という極めて難しい立場にいた父の成せる限界で、自身と息子のために王城を離れた母が許す限界だったのだろう。

密かにこの肖像画を持っていた母が、いつか自分にこれを託し、自分の父についても打ち明けてくれるつもりだったのか。それは分からない。結果として母は不慮の死を遂げ、化粧台の二重底の下に隠されていたこの肖像画は、今日まで誰にも気づかれることはなかった。

「僕と父さんにも、こうして一緒にいた時間があったんだ。僕は何も覚えてないけど、それでもこ

うやって、母さんも一緒に、親子三人で同じ場にいた時間があった」

それはスレインにとって救いだった。接点など、親子としての触れ合いなど皆無だと思っていた自分と父。しかし、自分たちにもこのような時間があった。母も一緒だった。

おそらくは自分が生まれて母が王城を去るまでのほんの数週間、その中でも父が自分たちと会った時間などごく僅かだろう。それでも皆無ではない。僅かな時間、自分たちは確かに親子として同じ場所で同じ時間を過ごした。その証が残っていた。

喜ばしいはず。嬉しいはず。それなのに、また涙が出てきた。肖像画が涙で濡れないよう、化粧台の上に置いた。

化粧台から離れてベッドに座り、なおも流れ落ちてくる涙に困惑するスレインは、隣に座ったモニカに優しく抱き締められる。

「……僕たち三人が揃ったのはあれっきりなんだ。もう二度と、父さんにも母さんにも会えない」

泣きながら口を開くと、自分でも驚くほど幼い声が出た。

寂しいと、思ってしまった。とうに受け入れて乗り越えたと思っていた両親の死を。父と母が既にこの世にはいないことを。

父と母と三人で共にいた時間があったと自覚してしまったからこそ、それがもう二度と訪れない奇跡のようなひとときで、赤ん坊だった自分はそのときのことを何も覚えていないのだという現実を、悲しいと感じてしまった。

モニカがスレインの頭を、そっと自分の胸に押し抱く。スレインは為されるがまま、まるで子供のように抱かれる。

「……私が」

温かく心地良い無言の後に、モニカがぽつりと言った。

「私が、これからはずっとあなたの傍（そば）にいます。私はあなたの妻です。あなたの家族です。この肖像画に写っているような家族を、これから私と一緒に作りましょう、スレイン様」

「……ありがとう、モニカ」

スレインはそう答えて、モニカの背中に手を回す。

二人は互いを抱き締め合い、見つめ合い、そして唇が重なる。


それから間もなく。スレインとモニカは王城の敷地の一角、王家の一族の遺灰が安置されている霊堂へ赴いた。

そこは、城館をはじめとした行政や生活の空間とは距離が置かれた場所。よく手入れのなされた木々と花々に囲まれた静かな霊堂の中で、スレインは悠久の眠りにつく父フレードリク・ハーゼンヴェリアの前に跪（ひざまず）く。

「……父さん」

そして、父にそっと呼びかける。

「あなたが僕と母さんに残してくれた肖像画を見ました。あなた自身の手で僕たちに残してくれた言葉を見ました……この血だけがあなたとの繋がりの証だと思っていた僕にとって、あの肖像画と言葉はかけがえのないものです」

　語りながら、ルチルクォーツの首飾りにそっと手を触れる。

「僕はあなたの後を継ぎ、王になり、そして今日、妻を迎えました。ハーゼンヴェリア王家は、王とその妃を得るところまで立ち直りました。まだ途上ですが、ここまでは来ました」

　父は死を前にして、スレインが王位を継ぐことを望んだ。家族を失い、未来を失い、おそらくは想像を絶する無念に包まれながら、自身の後を継ぐことをスレインに求めた。

　スレインは父の望みに応えることを決めた。彼は自分の父である。自分は王の子である。複雑な感情を抱きながらも、この運命を受け入れてここまで歩んできた。

「僕は彼女と一緒に、これからも歩んでいきます。あなたのような、願わくばあなたを超える王を……そして父親を、目指していきます」

　だからどうか、これからも見守ってください。そしてどうか安らかに。スレインはそう語り、先代王妃や王太子と共に眠るフレードリクのもとを去る。

　そして今度は、王家の霊堂の外、専用の小さな霊堂に安置された母アルマの骨壺（こつつぼ）の前に、モニカと並んで立つ。平民だが当代国王の母であるアルマの遺灰は、ルトワーレから骨壺を移され、特例的に王城の敷地内に安置されている。

「……母さん、僕は今日、結婚したよ。モニカと夫婦になった」

　スレインは父に対するものよりも柔らかい声と口調で、眠る母に呼びかける。

「僕はモニカと一緒なら、どんな困難も乗り越えていける。彼女と手を取り合って歩んでいける。

だから、安心して僕たちを見ていて」

スレインがそう語りかけた後、モニカがアルマの骨壺の前にそっと座る。よく手入れのなされた芝の上に両膝をつき、視線の高さを骨壺に合わせる。

「アルマ様。あなたがスレイン様を産み育ててくださったからこそ、私はスレイン様と出会い、こうして結ばれることができました。スレイン様の妻となった身として、心から感謝しています。できることなら直接お会いして、直接お礼をお伝えしたかったです」

モニカは手を伸ばし、そっと、微(かす)かに、アルマの骨壺に触れた。

「……あなたの化粧台を、私は受け継ぎました。同時にスレイン様を守る役目を受け継いだのだと思っています。これからは私が、スレイン様の家族として彼を支え、守ります。あなたのようにスレイン様の良き理解者となり、いずれスレイン様との子を生(な)したら、あなたのように良き母親となれるよう努めます。どうかいつまでも、私たちを見守っていてください。お義母様」

思いを伝え終えたモニカは、立ち上がってスレインを振り返る。スレインの横に並び、スレインの手を握る。

二人は夫婦になった。モニカは王妃となった。明日からは本格的に二人での治世が始まる。二人の夫婦としての歩みは、これから連綿と続いていく。

スレインとモニカは愛情に満ちた笑みを向け合いながら、手を取り合って霊堂を後にする。

あとがき

再びお会いできたことを嬉しく思います。エノキスルメです。

おかげさまで『ルチルクォーツの戴冠』第二巻を皆様にお届けすることが叶いました。ありがとうございます。

前巻では大きな困難に立ち向かい、試練を乗り越え、堂々の戴冠を果たした主人公スレイン・ハーゼンヴェリア。ですが、即位はゴールではありません。むしろ長い長い治世の始まり。ようやくスタートラインに立ったばかりです。

というわけで、国王としての道を進み始めたスレインを描く本巻。ウェブ版からの改稿加筆によって、新たに見せ場も追加されています。よりスリリングに、よりドラマチックに、戦記物語としてますます盛り上がる内容にしようと精一杯頑張りました。

内憂外患は国の常。人の世の必然。貴族も、民も、隣国も、誰しもにそれぞれの事情があり、利益があり、価値観があります。

それらはときにぶつかり、予想もつかない展開を迎えます。だからこそ国が揺れ動く様は歴史になり、王が歩む様は物語になります。ハーゼンヴェリア王国に刻まれた新たな歴史が、その中を歩む国王スレインの物語が、皆様の心に響くものとなったのであれば僥倖です。

そして、嬉しいお知らせです。

この二巻の帯にも情報が載っている通り、本作『ルチルクォーツの戴冠』、コミカライズ企画が順調に進行しております。漫画を鯛先生に、構成を関野四郎先生に手がけていただきます。

僕も制作途中の資料や原稿を拝見していますが、原作者としても一人の読者としても、今の時点ですっかり虜になっています。これは凄い作品になるぞ……と、今から確信しています。

皆様もどうかお楽しみにお待ちください。

ここからは謝辞を。

二巻で巻き起こるさらなる波乱を、抜群の臨場感で描いてくださったtl先生。本作の刊行にあたってご尽力くださった担当編集様。本作が世に出る過程で関わってくださった全ての関係者様。本当にありがとうございました。

そして、一巻に引き続き、本作を手に取ってくださった読者の皆様。心より感謝申し上げます。

願わくば、この作品が皆様の記憶に残る一作となっていますように。

DRE NOVELS

ルチルクォーツの戴冠 2

-若き王の歩み-

2024年3月10日　初版第一刷発行

著者　エノキスルメ

発行者　宮崎誠司

発行所　株式会社ドリコム
〒141-6019　東京都品川区大崎2-1-1
TEL　050-3101-9968

発売元　株式会社星雲社（共同出版社・流通責任出版社）
〒112-0005　東京都文京区水道1-3-30
TEL　03-3868-3275

担当編集　阿部桜子

装丁　AFTERGLOW

印刷所　図書印刷株式会社

Printed in Japan
ISBN978-4-434-33530-3

ファンレター、作品のご感想をお待ちしております。
右の二次元コードから専用フォームにアクセスし、作品と宛先を入力の上、
コメントをお寄せ下さい。
※アクセスの際に発生する通信費等はご負担ください。